阳光文库

自然耳语

对话二十四节气

蒋 岭◎著

黄河出版传媒集团
阳光出版社

图书在版编目（CIP）数据

自然耳语：对话二十四节气 / 蒋岭著. -- 银川：
阳光出版社, 2025. 1. -- (阳光文库). -- ISBN 978-7-
5525-7409-8

Ⅰ. I267.1

中国国家版本馆CIP数据核字第2024CG8548号

自然耳语：对话二十四节气

ZIRAN ERYU：DUIHUA ERSHISI JIEQI   蒋 岭 著

责任编辑   赵维娟   胡 鹏
封面设计   鸿儒文轩·末末美书
责任印制   岳建宁

黄河出版传媒集团
阳 光 出 版 社   出版发行

出 版 人   薛文斌
地   址   宁夏银川市北京东路139号出版大厦（750001）
网   址   http：//www.ygchbs.com
网上书店   http：//shop129132959.taobao.com
电子信箱   yangguangchubanshe@163.com
邮购电话   0951-5047283
经   销   全国新华书店
印刷装订   三河市华东印刷有限公司
印刷委托书号 （宁）0030789

开   本   640 mm×960 mm   1/16
印   张   13
字   数   140千字
版   次   2025年1月第1版
印   次   2025年1月第1次印刷
书   号   ISBN 978-7-5525-7409-8
定   价   68.00元

自序

　　春节刚过没几天就是立春，"立"是开始的意思，预示着春天的到来。你漫步大街小巷，会看到许许多多的春联，有"爆竹一声除旧岁，桃符万户更新春"，有"天增岁月人增寿，春满乾坤福满门"，有"天地间诗书最贵，家庭内孝悌为先"……饱含着人们对新一年生活的憧憬。

　　春雨绵绵不断，节气雨水应景而来，草开始发芽了，树长叶了。惊雷一声响，惊蛰打破了沉闷的心情，小虫儿也出窝了，出游、放风筝的春分时节也跟随到来。

　　"清明时节雨纷纷，路上行人欲断魂。借问酒家何处有？牧童遥指杏花村。"当这首脍炙人口的古诗从你口中吟诵而出时，你一定会感受到"桐始华，田鼠化为鴽，虹始见"的清明景象。

　　当布谷鸟"布谷布谷"欢叫时，人们仿佛听到了"阿公阿婆，割麦插禾"的催促，谷雨也走近了人们身边。

我们唱着"一候蝼蝈鸣，二候蚯蚓出，三候王瓜生"，拥抱立夏。小满麦儿熟，芒种插秧忙。夏至到，三候生："鹿角解，蝉始鸣，半夏生。"当小暑、大暑到来时，最好的方式是夜晚搬个小凳坐在院子，遥望"牛郎织女，七七相会"，嘴里念叨："银烛秋光冷画屏，轻罗小扇扑流萤。天阶夜色凉如水，坐看牵牛织女星。"

"凉风至，白露生，寒蝉鸣，立秋来。"从"秋"字上可以看出"禾谷熟也"的意思。立秋预示着秋的到来，也预告着收获。处暑的出场即为高温逐渐退场；白露凉意起，秋分寒生露凝。"露水先白而后寒"，寒露悄无声息地降临大地，不消几日霜降紧随而至。

水开始结冰，地开始冻住，所有的这一切都预示着立冬的到来。中国北方已经进入了节气小雪、大雪的状况，南方地区虽小雪、大雪还没有来到，但北风刮着人的脸庞生疼生疼。

过了冬至，全国各地气候都将进入最寒冷的阶段。"小寒大寒，冻成一团。"坐在屋内，聊着天，触景生情吟诵唐朝诗人白居易的《问刘十九》："绿蚁新醅酒，红泥小火炉。晚来天欲雪，能饮一杯无？"

屋外的雪是冷的，屋内的人情是热的，伴着这份温暖与二十四节气度过了一年又一年。

目录

第二辑

第三辑

第四辑

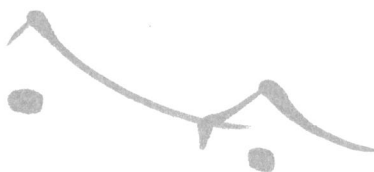

立春

《月令七十二候集解》：立春，正月节。立，建始也，五行之气往者过，来者续。于此而春木之气始至，故谓之立也。立夏、秋、冬同。

三候 东风解冻，蛰虫始振，鱼陟负冰。

时间 每年公历2月3日、4日或5日

今日，立春。

俗话说得好，一年之计在于春。春，代表了欣欣向荣，此时此刻万物复苏，气象万千。所有过往的不快都会随着春的到来而消逝，所有的期盼都在春天萌发、启航。身处在江南，我自然会想到《江南春》这首古诗：

千里莺啼绿映红，
水村山郭酒旗风。
南朝四百八十寺，
多少楼台烟雨中。

这是晚唐诗人杜牧的一首借景抒情的古诗。前两句描绘了江南的大好风光，后两句写朦朦胧胧的烟雨笼罩着影影绰绰的寺庙，讽刺了晚唐皇帝（朝臣）过分求佛信道，在对景物的欣赏中蕴含了对历史的感慨。那么，作为教师的我如何将这首诗的意蕴讲述给孩子们听呢？

上课伊始，我跟孩子们讲起了唐朝的历史，讲到了第二代皇帝唐太宗李世民以及他的"贞观之治"，之后这样的辉煌一直延续到李隆基。在这期间，从初唐到盛唐，也产生了许多诗人，其中最有代表性的便是李白，号称"诗仙"。孩子们理解了"国富民强、国泰民安"是对那个时期最好的形容，也知晓诗人描绘的都是秀丽风光。

我继续讲述着历史："安史之乱"使唐朝由盛转衰，此时此刻的诗人眼中又有什么样的情景呢？有孩子答："风光不

第一辑 春季篇

第一辑　春季篇

第一辑　春季篇

再"，充满了忧虑、忧愁、伤感……

恰到时机地提出疑问：杜牧是晚唐诗人，他眼里的"江南春"有着怎样的含义？

有孩子答：江南本身就是一个美丽的地方，江南的春天更是美丽的。

杜牧写《江南春》是否也想表达这个意思呢？

有孩子答：前两句是写景，后两句似乎也是写景。

有孩子答：前两句是写景，后两句是借景抒情。

那么，这个"情"是什么样的情感呢？根据晚唐的现状，孩子们有了一个大致框架：忧虑、忧愁、伤感……在这个基础上，我又讲述了南朝（宋、齐、梁、陈）的历史状况。孩子们结合"南朝四百八十寺"说到了"借古"，更有甚者谈到了"借古讽今"。我让孩子将这四个字写在黑板上，并且让她畅谈了自己的看法，同时一起探讨了最后一句"多少楼台烟雨中"描写的场景。

这真是不一样的《江南春》。

立春，预示着春天来到了。"春"究竟在哪里呢？我们更多地要去发现"春"，寻找"春"。我带领孩子们出门"找春"，他们有了自己的感触——

走着走着，明明指着前方说："有一片绿茵茵的草地呀！我们赶快过去瞧瞧吧！"聪聪还没有来得及说，就被明明拽着到了"草地"跟前。哪有什么绿茵茵的草地，只有稀稀拉拉的嫩草。聪聪哈哈大笑：

"草色遥看近却无！"

"你笑什么？我考考你！你能用四字词或成语说说你印象中的春吗？"明明不服气地给聪聪出了难题。

聪聪不慌不忙，想了想说："百花齐放、万紫千红、鸟语花香、姹紫嫣红、莺歌燕舞、草长莺飞……"

"桃红柳绿、春意盎然、百花争艳、和风细雨、春和景明……"明明生怕聪聪抢了风头，自己也说了一串词语。"在这些词语中，你能否将它们进行归类呢？还要说出这些词语属于哪一类哦。"明明不依不饶地一步步追问。

"这些词语中有写景的，比如百花齐放、万紫千红、姹紫嫣红、桃红柳绿……不要老是我说，你也来说说。"聪聪这次非得让明明说说看。

"我当然知道！有的是描写春天到来时动物的表现的，比如鸟语花香、莺歌燕舞、草长莺飞。"

"是！我还发现有的是描写春天气候的，比如和风细雨。"聪聪停了一下，转头问明明，"你知道春意盎然是属于哪一类吗？"

"这有什么难的？这是属于人物心情的！是形容人在春天里心情非常舒畅、高兴的状态的。对吧？"明明也不甘示弱。

两个小伙伴继续前行，来到了一座池塘边。聪聪对明明说："还敢再比一比吗？"

"比就比，谁怕谁？"明明嘟着嘴说。

"我们刚才用四字词或成语说了印象中的春天，那么你能不能任意选择一个刚才说的成语，可以是形容春景的，可以是描写动物的，还可以是形容心情的。以这个词语为重点，用一句话来说说春天呢？看看谁能做到语句通顺，语义准确？"

"听好，我张口就来一句：春天来了，到处都有明媚的阳光，到处百花齐放、姹紫嫣红。怎么样？别光是我说，你也来一句。"

"春天来了，到处都是桃红柳绿。柳树舒展开了黄绿鲜嫩的枝条，夹在柳树中间的桃树开出了鲜艳的花朵，绿的柳，红的花，真是美极了！"聪聪一口气说了下来，"比你的更精彩吧？"

"看到春天的美景，我想高声吟诵一首诗！"聪聪情不自禁地说，"碧玉妆成一树高，万条垂下绿丝绦。不知细叶谁裁出，二月春风似剪刀。"

"你还真会借景抒情呀！"明明指了指池塘边的棵棵柳树，笑着对聪聪说，"其实，我俩都是用简短的一句话来概括春天美丽的景色的。我们俩也一定可以将印象中的春天说得更加具体！比如春天是如何令人快乐的，是如何美丽宜人的？"

"是呀！我们刚才从词说到句，从句说到诗，何不回家将春天的美景痛痛快快地写下来呢？"两人相视一笑。

学会寻找，就能发现不一样的"春"。如果仔细地去观察，春在立春的那一刻已悄然入界。不信，孩子们早已将"春"收入"囊中"。

　　A. 桃花都开了，从粉红到深红，每一朵都有每一朵的姿态。一阵轻柔的微风吹来，桃花摇起身子，跳起舞来。我用手摸一摸小黄杨的叶片，感到是那么润滑。漫步田野，我闻到一股清新的气息扑面而来。那是春的香味。

　　B. 春天在粉红的桃花上和一朵朵的月季花上，春天还在发芽的小黄杨树上。那一朵朵的迎春花正对我们笑："春天来了，春姑娘来了！"它走进了校园，走进了教室，走进了小朋友的心田。

　　C. 明镜一般的水面泛起了一道道波纹。我捡起一粒小石子，扔进河里，只听"扑通"一声，惊起了一群鸭子，它们"嘎嘎嘎"地对我叫着，真是"春江水暖鸭先知"。

　　……

今日立春，我们重新回到了工作岗位。大家汇集一堂召开了新学期的第一次全体教职工会议。暖场片是我们"通济书馆"的汇报视频《让书香溢满校园》，"书香"与"立春"

相映成趣，是不是让您对过去的一年及新的一年有无尽的感怀呢？如同唐朝诗人卢仝在《人日立春》中述怀的那份内心激荡的情愫：

春度春归无限春，
今朝方始觉成人。
从今克己应犹及，
颜与梅花俱自新。

面朝"立春"，心暖花开。

元宵

（外一篇）

元宵的"元"有着"一元复始"的含义。我理解的"元"就是最初、最开始的意思。"宵"是指夜晚八九点钟，后来转为指整个夜晚。元宵，是新年的第一个月圆之夜。试想一下：新年之后的一个皓月当空的夜晚，到处都是张灯结彩，人们满脸的笑容，期盼着新的一年自己能有好的机遇、收获，也会祝福、祝愿所有的人安康、幸福，如此重要的节点怎能少了热闹呢？

于是，元宵节是人们继春节之后"再度狂欢"的重要时刻。

元宵节，也被称为上元节。有"上元"，就一定有"中元""下元"，追溯来历就可知，这与中国道教的一些传说、习俗是密不可分的。说到来历，的确，关于元宵节的来历有好几种说法。有汉文帝庆贺平定"诸吕之乱"而举国同庆的相传；有汉武帝时期东方朔为解一名叫元宵的宫女的思亲之苦而编织了一个"谎言"，最后成了举国欢庆的传说……不管是"相传"还是"传说"，都是人们对美好生活的一种向往。你看，元宵节时人们有吃元宵（汤圆）、猜灯谜、舞龙灯的习俗。我也有过一段欢乐的元宵时光。

下午的天依然下着毛毛细雨，我们不得不待在屋内。这时，只听见妻在阳台叫道："踩高跷的！"大家一起来到阳台，我顺着她手指的方向看去。真的，在对面的马路上，一行人在行走着。一排排、一行行的彩旗在飘舞着，"一个、两个、三个……十个，总共有十个人踩高跷！"父亲在一旁数着。

锣鼓声从对面的马路上飘来。妻建议说："我们到街上去，他们肯定要从街上走的，是吧？"她转身看着母亲，母亲肯定地点了点头。我们俩拉着小康来到了集镇的街道上。天虽然还在下着小雨，但丝毫没有减弱人们对踩高跷的热情。人流络绎不绝。我们站在别人家的走廊上，等待着踩高跷队伍的到来。

"咚咚咚……咚咚咚……"随着一阵锣鼓声，踩高跷的队伍慢慢地映入了我们的眼帘，这是我平生第一次看到这么淳朴的民间文艺活动，也是第一次感受到了欢乐的元宵节。

踩高跷队伍前有锣鼓开道，旁边有举五彩旗的人，中间就是踩高跷的。你看，他们每个人的脚上都踩着直直的两根高跷，足有两米多高，身上的装扮异常漂亮：有神通广大的孙悟空，只见他手拿金箍棒在舞弄着，似乎要铲除一切妖魔鬼怪；有嘴里念念有词的唐僧，只见他身披袈裟，手持佛杖，面目和善；有手提花篮的蓝采和……真是"八仙过海，各显神通"，鼓乐手更是激情高涨。随着鼓乐声，踩高跷的人踩着鼓点，一步一步地向前迈去。

随着鼓乐声，观众的心情也是异常的欢快，大家在一起谈论着，那种欢乐溢于言表。

我拉着小康，伴着妻站在街旁，感受着这份热闹。在回家的路上，妻与小康还不断地咀嚼着那份快乐，那份惊喜，那份从未体验过的中国年。

踩高跷表演已成为非物质文化遗产项目，当地政府投入了大量的财力、物力与人力，每年都会在指定的地点进行表演。

猜灯谜是一项传统性的活动，南京市溧水区图书馆和儿童图书馆每年都会举行元宵节猜灯谜活动，我也参加过几次。这不禁让我想起小时候与大哥的一次猜谜游戏。

大哥出题：春雨绵绵妻独宿，打一字。

开始，我们听得有些稀里糊涂，还不知道"春雨绵绵妻独宿"是哪几个字，大哥重复说了几遍，笑嘻嘻地看着我们。我们几个歪着头，装着思考的样子，这个摸摸头，那个挠挠腮，最后尴尬地傻笑了一下，摇了摇头。

"可以用拆字法来猜。"大哥提醒着。

"拆字？"

"对的。"

"字怎么可以拆呢？"

"就是寻找到关键的一个字，然后根据谜面的意思，将这个字一步一步地拆解开，最终会得出谜底。"大哥做着解释。

"不懂！"

"不明白！"

是的，对于还没有猜过谜语的一个个"小不点"来说，这就是一个读"天书"的过程，着实有些"丈二和尚摸不着头脑"。

大哥仍旧是笑而不语，我们急了，拽着他，让他报出那个令人"朝思暮想"的谜底。

"好吧。我先问你们，春雨绵绵说的是什么季节？"

"春天。"

"一个字。"

"春。"

"记住这个字，这是关键的字。"大哥的语气加重了许多，"春雨绵绵是说明……"

"下雨呗。"

"对！那下雨天是晴天还是阴天呢？是有太阳呢，还是没有太阳呢？"

"当然是阴天，不出太阳。"

"你们看，"大哥用树枝在地上写了一个"春"，然后用手抹掉了下面的"日"，"对不对？"

　　我们几个还是很疑惑，只是点了点头。大哥继续说："妻独宿，是说妻子一个人在家，谁不在家？"

　　"她的丈夫。"

　　大哥又在"春"剩余的上半部分去掉"夫"。

　　"哦，知道了，这个谜语的谜底是个'一'。哎呀，这个字太简单了，我们怎么就猜不着呢？"我拍了拍脑门。

　　这段猜谜的经历一直让我难以忘怀，因为它承载了元宵节的快乐。

雨水

《月令七十二候集解》：雨水，正月中。天一生水，春始属木，然生木者，必水也，故立春后继之雨水，且东风既解冻，则散而为雨水矣。

三候 獭祭鱼，候雁北，草木萌动。

时间 每年公历 2 月 18 日、19 日或 20 日

早晨拉开窗帘，看到了阳光——不是灿烂明媚的阳光，而是有些雾蒙蒙的阳光，估计需要花些时间才能"驱散阴霾"，这样的光景与雨水是不符的。雨水节气给我的印象，要么是春雨绵绵，要么是阴沉欲滴，要么是"一脸不悦"，现在却是不阴不晴、不温不火，与雨水这个称呼完全挂不上钩。

天气预报说近期是阴，但没有雨。

雨水在哪里？

吃罢晚饭，妻说去一趟超市，我说好。

出了门，走在马路上，忽然间大风四起，那股倔强的风儿还猛往脖子里灌，我不由拉紧了羽绒服的拉链。风儿越刮越烈，有些肆无忌惮，我只得将羽绒服帽子戴了起来。可忽然间风儿又"偃旗息鼓"，我又脱下帽子，可风又"呼"地一下刮来，我又戴起帽子，来来去去，我"败下阵来"。

走了有百十来米，我的全身有些燥热，再次将帽子脱了下来。我等待风儿的"热情"，可半天也没有动静。我内心得意地笑了：看来，风儿的劲头也不过那么"三板斧"。

灯火阑珊处，目的地就在不远处，我们的步伐加快了。忽然，我眼前的灯光"碎了"，原来是眼镜片上落了几滴雨丝。

借着路灯的光线抬头看看天，没有下雨呀！我伸出手，看看是否能接住一些顽皮的雨点。"天气预报里说没雨。"妻在一旁说。

"我知道！但我的镜片上落了几点雨点，该不会是凭空而来的吧？"我嬉笑地补充了一句。

说说笑笑之中，我们已过了天生桥大道。没几步，镜片上有了更多的雨点。我摸了摸头发，有一丝丝湿；摸了摸衣服，暂时未感受到潮；睁大眼睛朝路边的路灯看去，发现有斜斜的雨线划过。

"哦，下小雨了。"我惊呼起来，"天气预报不是说没雨下的吗？"

"哪能那么准呢？这场雨说不定是临时来的呢？"妻笑了，她掏出口袋里的备用蛇皮袋遮挡住头顶。

"也是哦，说不定这片雨是临阵脱逃，或是穿了隐身衣，没有被雷达探测到。"一阵欢笑声里我们加快了脚步。

小雨就像顽皮的孩子，一会儿三五成群地下下来，一会儿独自一条线地下下来，一会儿几个歪歪倒倒地下下来……一路走到超市门口，这场小雨都没有个正经样。

转身看了看潮潮的地面，又抬头看了看还想飘向屋内的小雨，我恍然大悟起来：雨水节气来了，它们该不会是连夜赶过来报信的吧？如果是，那雨水的仪式感太强了。

如此一来，我俩释然了，相视笑了笑，走进了超市。购物结束，出了超市门，雨水仍旧在屋外不紧不慢地徘徊着，看到我俩拎着大包小包站在超市门口，它们嬉笑着、远远地观望着。为了不再一身雨水，我们决定坐出租车回家。刚钻进车内，窗玻璃上便落了一层小小的雨珠，那是雨水追逐的身影，也是它们嬉闹的身影。

"好雨知时节，当春乃发生。随风潜入夜，润物细无声。"（唐·杜甫《春夜喜雨》）一夜枕着屋外窸窸窣窣的雨声入睡了。

回到开头，雨水的清晨并没有雨水，反倒是雾霾笼罩着太阳，不让它发出耀眼的光芒。随着太阳慢慢地升至中天，那团雾气也慢慢地褪去。一刹那，天地间亮堂了许多。

说雨，却让太阳捷足先登，让人不禁生疑节气的混乱；说晴，雨却又在你不经意间悄然而至。雨水如此调皮，忽左忽右、忽远忽近地靠近我们，让人浮想联翩。

这几日，阴晴不定。

小鸟站在枝丫上，不是闭目养神，就是倚着枝干睡觉。稍不留神，它还会摇摇欲坠，好在一双警惕性很高的爪子，牢牢地抓住树枝。

"唉，我这是怎么了？总是无精打采的？"小鸟拍了拍，振了振身体，飞了起来。

它绕着熟悉的园子飞行着，看到了那只躲在葵叶下酣睡的小猪，看到了那只仰面朝天在荷叶上休息的青蛙，看到了停歇在狗尾巴草上的蜻蜓，看到了……

大家看起来似乎都很困乏。

"原来不是我一个人无精打采，大伙都是这样！"小鸟重新站在枝丫上，"这是怎么了呢？"

"没有什么怎么了？"树底下传来声音，听得出是鼠小弟，"放假了，大伙全身心地放松，无忧无虑，自然就引来了瞌睡虫。"

小鸟低头看了看鼠小弟，它也是微闭着眼，倚靠着树根，双手枕在脑后，一副似睡非睡的样子。

"不过……"

"不过什么？"鼠小弟嘟囔了一声。

"我浑身不自在，翅膀有些痒痒，是否要洗一洗？要是来一场及时雨多好呀！"小鸟用力扇了扇翅膀。

"算了，你还是去山墙上吹吹风吧！说不定会好些。"鼠小弟闭上眼，睡了起来。

"对呀！"小鸟扑棱着翅膀，飞到了园子的最高端，那堵直挺挺的山墙顶。它牢牢地抓着砖块，闭上眼，享受着一阵又一阵迎面吹来的风，不一会儿它睡着了。

"水呀！火呀！"小鸟惊慌地叫着，飞回到大树底下，蹦跳着。

"咋了？咋了？"鼠小弟也被惊得站了起来。

"水呀！火呀！"小鸟嚷嚷着。

"哪来的水呀火的？"鼠小弟一把拽住小鸟。

小鸟安静了下来。

"梦里，我感觉自己一边被水浸泡，一边被火炙烤……"小鸟回头看了看那堵山墙。

"哦，你是'东边日出西边雨'！喏，山墙一边下到了雨，一边还被太阳照着呢！"鼠小弟指了指山墙那边。

耳畔似乎传来阵阵的呼唤声，浑身一震，原来我是看着窗台上的那盆鱼缸里的鱼儿在发呆。

　　雨水今日而至，雨水不期而遇。

　　春雨贵如油，它预示着未来可期。

惊蛰

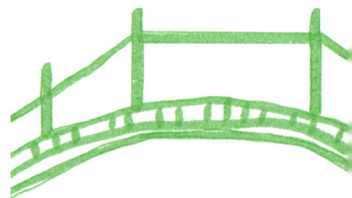

《月令七十二候集解》：惊蛰，二月节。夏小正曰：正月启蛰，言发蛰也。万物出乎震，震为雷，故曰惊蛰，是蛰虫惊而出走矣。

三候 桃始华，仓庚鸣，鹰化为鸠。

时间 每年公历3月5日或6日。

已经期盼了一些日子，原以为会下场痛痛快快的雨，再配上一点雷声，惊蛰有模有样地登场。结果，这几日不但没雨，天气还异常暖和，温度直达二十几度。这样的状态也印证了"时至惊蛰，阳气上升，气温回升"的节气特征。

　　我骑着电瓶车行驶在新龙路上，路边的玉兰、栾树一棵又一棵地向身后闪去。过十字路口等待信号灯时，我抬头看了看玉兰，光秃秃的没有树叶的枝丫上一朵朵白色的玉兰花清晰可见：有的胀鼓鼓的，似乎要撑住那外壳的束缚，摆脱冬日的侵扰，以灿烂的笑容迎接春的到来；有的已开了一些，一片、两片，最多的是三片，那些花瓣洁白无瑕，似乎是昭示着春的美丽……无论是哪一种开放的姿态，那一朵朵的玉兰花都是昂着头，向上，向上，再向上地生长，仿佛要将一个冬日的憋屈全部抛弃。

　　栾树如何呢？那满身的金黄色此时有伏笔吗？那一粒粒金黄色的"雪花"此刻会悄无声息地形成吗？我想：所有这一切的期待必定写满了一棵棵栾树的枝枝丫丫。你看到那枝头缀着一个又一个的树芽吗？它们就是"翠色欲流"的前兆，也是"满地尽带黄金甲"的预设。

　　被惊艳到了吗？没有。目前有的仅是花开前的预热，有的仅是嫩芽长出前的挣脱，有的仅是对春气息的渴望。

　　好吧，与它们一起深深地吸一口气，让整个身心都沁入春的暖阳。"桃始华，仓庚鸣，鹰化为鸠。"无论是桃花，还是黄鹂，或是老鹰、鸠，都显示着春天生机勃勃的景象，与惊蛰节气如此得吻合：植物发芽，开始生长；动物（不管是冬眠

的或是熬过冬天的）开始了奔跑、飞翔或是急不可耐地捕食。"阳气初惊蛰，韶光大地周。桃花开蜀锦，鹰老化春鸠。"唐朝诗人元稹的《惊蛰二月节》不正是这样的写照吗？

元代吴澄的《月令七十二候集解》里对于"惊蛰"作了这样的解释："二月节……万物出乎震，震为雷，故曰惊蛰，是蛰虫惊而出走矣。"读到这句话，我不由得想到了多年前的今日，当时正在课堂给孩子们讲惊蛰，忽然天空一声惊雷，大家惊了一下，你看看我，我看看你，不知所措，显得有些纳闷。

几位同学与我一起走出教室，探头朝天空看去，只有黑沉沉的乌云遮蔽着天空，并未下雨。"奇了怪了！光打雷不下雨？"一位孩子自言自语地说着。

重新回到课堂，我笑了笑，说："惊雷一声响，虫儿全出巢。今日是惊蛰，是不是很应景呀？看来，惊蛰不是徒有虚名哦！"

"嗯，这么一大声的雷，那些还在昏昏欲睡的虫子们肯定会被惊醒的。"有孩子打趣地说。

"是的，要醒不醒，被雷一声惊，它不想醒过来都不行。"有人帮腔。

"也是呀，睡了一个冬天了，该醒了。"

"春雷响，万物长。"

……

临近教室的梧桐树，光秃秃的树枝这根朝天长啸，那根朝天呐喊，根根都在奋力地朝上再朝上。或许是受到了小伙伴们纷纷议论的影响，飞来了一只小鸟，在树枝间跳来跳去，偶尔来一声"叽叽"，又唤来了一只小鸟，也欢快地在树枝间跳跃，时不时地叽叽又喳喳。你猜怎么着？又来了三五只，它们你挨着我，我挤着你，叽叽喳喳、叽叽喳喳不停地叫唤着，不知是回答"春来了，我来了"，还是说着"惊蛰惊蛰，乍动乍动"呢？

有几只厌了，也倦了，一个扑翅，腾空而起，飞向屋檐。看到远处有一团雾蒙蒙的粉色一闪一闪，一个斜身……到了近处，那粉色原来是一朵朵盛开的桃花。

是呀！"桃始华，仓庚鸣，鹰化为鸠。"

粉面桃花，黄鹂鸣啼。

今日，惊蛰。

春分

《月令七十二候集解》：春分，二月中。分者，半也。此当九十日之半，故谓之分。

三候 元鸟至，雷乃发声，始电。

时间 每年公历 3 月 20 日或 21 日

春，要有春的样子。那，春是什么样子呢？校园内到处都是春的模样。

那株只剩下光秃秃枝干的梓树缝隙处有了一点点的绿意，你不使劲地掰开自己的眼睛，绝对是看不到的。

那棵站立在进校门狭窄过道，被猛烈北风吹来吹去的榉树开始了"冒冒冒"绿芽的动作，根根直直向天空生长的树枝上也能见到绿意了。

那株默不作声一直挺立在食堂边，本不知名，后又经证实的榆树，此时上面站满了鸟儿，有大有小，老幼参差，在还不繁茂的树枝顶端捉着迷藏，亲吻着嫩嫩的绿叶，内心一定充满了无限的遐想。

还有紫叶李、枇杷树、女贞、龙爪树、梧桐、椿树以及那我叫不上名字的花花草草，你争我抢地生长着，浑身似乎要沾满绿色。

校园内到处都是孩童的身影，他们满脸笑意，你拍我一下，立刻落荒而逃；我追你上气不接下气，但是满心欢喜，额头直冒汗，浑身散发着春的气息。

这，都是春。

早晨，天也"起"得早。天空乌云密布，小雨斜斜地下着，不大不小，不紧不慢，不久满地都是湿漉漉的一片，汇聚成小溪流向前奔去，勇往直前地奔去……

今日，春分。

春分的"分"，大约包含了两重含义。

首先，从立春到立夏之间的时间都为春，而此时正好已经过了"春"的一半，故而为春分。

其次，从天文学的角度来说，春分这天太阳直射赤道，昼夜等长，各为十二小时，也就是人们所说的昼夜平分，故而为春分。

无论是哪一种春分，它都预示着春早已走近我们的身边，而且已经走过了一半。"一年之计在于春"，美好时光正在悄然而过。

学校开展的"研艺术课程标准，习中华优秀传统文化"主题美术教学联谊活动中，夏老师的《"陶"冶成器，"艺"样精彩》和唐老师的《"玩水墨"，体悟家乡之美》两个讲座，充满着"春之韵味"，让人感受到蓬勃的朝气。

对于陶艺，我从开始的不明白，到后来不断地学习，继而萌发了创作《陶艺社团里的悄悄话》的冲动，对于这样的一个技艺我又是如何表述的呢？

　　初见陶时，我并不知究竟有哪些东西，只看到一堆堆黑黑的、黄黄的、白白的泥土。不承想，经过揉、摔、拉、拍、捏……还有那我说不上来的一系列的动作，这些泥慢慢地变成了一个又一个令人惊叹的形态。

　　这时，你看到的不再是泥，而是一件件对着你呵呵直笑，能与你交流上一段时间的精美作品。

　　你或许听到了呢喃的细语，或许听到了满腹的牢骚，或许听到了叽叽与喳喳，或许还有鼓着嘴巴直吐粗气的声响……

你也许看到满脸的笑容，也许看到愁眉不展的脸庞，也许看到泪眼汪汪的画面，也许还看到对酒当歌歌不成的情形……

或许……，也许……；也许……，或许……

总之，我已词穷无法表述那一张张脸，那一块块泥，那一尊尊像，只有如夏老师一样的美术组的"能工巧匠"才说得清道得明！我在一旁，与社团的孩子们一道静静地观察、了解、学习，找寻来自那泥土的芬芳，来自那泥土的话语，来自那泥土的一幅幅画面，来自那泥土的童话故事、校园故事。

从拨开那一堆灰头土脸的泥开始，"巧手们"就在脑海里构思着一件件栩栩如生的作品；从揉捏成团、成块、成坯开始，"巧手们"就已经在创造一帧帧美好的画面；从勾勒、雕琢、彩绘、上釉开始，"巧手们"就已经塑造了一个个生动又有灵性的精灵。

我的内心不由得生发出技艺传承的画面——那是一个关于陶艺的童话王国的故事，也是一段遥远的关于非遗传承的记忆。

这一路走来，必定是艰辛的；这一路的制作，必定是糅合了失败与成功，但初始的信念始终没有改变。

在一声声"开"与"起"的唤声里，倾注了无尽的柔情与坚毅。这一切的一切是磨炼，也是成长，如同那一张张、一块块、一尊尊的泥经过高温熔炉一千多度冶炼，最终散发出夺目的光彩。

陶艺，让我见识到了精湛；泥土，让我见到了劫炼。技艺如此，人生依然；传承如此，生活使然。

创作完毕的那一刻，我深吸一口气，徜徉在无尽的快乐之中，有时还会想象那窑炉的高温带来的快意与期许，感受到"人勤春来早"的奋发努力之气。

唐老师的水墨呢？无论是他发掘水墨山水蕴含的"母色"价值，还是基于体悟的儿童水墨意象通道的研究，都让人耳目一新。欣赏了他带领水墨社团孩子创作的作品之后，你一定会与我一样被深深地吸引，继而也有一种"不由自主"的冲动：想创作，还是想记录水墨的前世今生呢？

我曾在记录本上写下了这样的一段话：来自唐家，有点"糖"，他擅长的便是"唐朝情绪"，他也是一位水墨画的爱好者，积极推进水墨画鉴赏。于是，《"无想水墨"课程》的腹稿也孕育而生。

所有的创作来源于春分的"人勤"。这或许也是春分带给我的一些春的香气息吧！

雨，越下越大，但阻挡不住鸟儿的欢腾。偶尔雨止，"玄鸟至"，它伫立在教学楼的最顶端，环顾四周，俯视着一切。

原以为这样的春分就在滴滴答答、淅淅沥沥的雨声之中远去，不承想傍晚时分天空划破乌云直达地面的闪电以及紧跟其后的雷声，让春分实现了"雷乃发声，始电"的物候特征。

今日，不仅是春分，也是一幅实实在在的"春分图"。

清明

《月令七十二候集解》：清明，三月节……万物齐乎巽，物至此时皆以洁齐而清明矣。

三候 桐始华，田鼠化为鴽，虹始见。

时间 每年公历4月4日、5日或6日

"清明时节雨纷纷，路上行人欲断魂。借问酒家何处有，牧童遥指杏花村。"唐代诗人杜牧的《清明》绘出了清明时节的状况。为了更好地表现出这首古诗的意境，有人将它改成了剧本。

【时间】清明时节

【环境】雨纷纷

【地点】路上

【人物】行人（欲断魂）：借问酒家何处有？

【人物】牧童：遥指杏花村。

一个字不多，一个字不少，真真切切地说出了清明的本质：春雨绵绵的季节里，祭拜完先祖的行人，有些忧愁，有些疲惫，极力想寻找一处可以暂时休息的场所的情景。

清明不是二十四节气里的吗？怎么忽然间又成了传统节日呢？这还得从已经不在记忆里的寒食节说起。

远古时期，人们对火的理解还不是很科学，只知火是从天上而来，是天降之物，保留火种也是日常生活之一。春暖花开，天气干燥，火也给人类也带来了许多意想不到的灾祸。古人在这个时期，把上一年传下来的火种全部熄灭，不能生火、煮食，久而久之便成了"禁烟节"。人们为了过这个节，提前将食物烧熟，到了这一天吃的便是"寒食"。

除了上述说法之外，寒食节还有一个传说：

两千多年以前的春秋时代，晋国公子重耳逃亡在外，生活异常艰苦，还由于饥饿晕倒过。跟随他的介子推把腿上的肉割下与采摘来的野菜同煮成汤给重耳，重耳知道真相，发誓等自己做了国君一定好好报答，这就是"割股充饥"的故事。后来，重耳做了国君（晋文公），介子推却拒绝了重耳的封赏，背着母亲隐居到了深山。重耳找寻不到，内心十分焦虑，听信小人的话语，放火烧山。他心想：介子推孝顺母亲，一定会带着老母亲逃离着火的山林。谁知这场大火却把介子推母子烧死了。晋文公很是悲伤，下令每年的这一天家家户户禁止生火，家家户户也只能吃生冷的食物，以此纪念介子推。

寒食节在清明节气的前一日。斗转星移，寒食节渐渐与清明融为一体，扫墓、踏青、放风筝、插柳等习俗也就成了清明的习俗，清明节渐渐也成了中国人最为重要的传统节日之一。也就是从这个时候开始，寒食节淡出了人们的记忆，清明也就成了清明节。

元代吴澄的《月令七十二候集解》中对于清明有注解："物至此时皆以洁齐而清明矣。"也就是说，气候来到了此时，正值春风化雨，天地间的一切都给人一种清新、明净的感受，谓之"清明"。

遇到农历闰二月，民间流传"闰二月不上坟"，我们按照惯例提前一周给母亲上坟去了。

母亲的淳朴厚实是周围所有人的共识，也是我们做子女的骄傲。母亲从来都是任劳任怨的，一场大火烧尽家里所有的东西之后，她随着父亲没有埋怨，没有牢骚，白手起家，默默地将几个孩子抚养长大。她的一生从未与任何人红过脸，吵过嘴。

我们一行人还去了祖父母、曾祖父母的坟前祭拜，寄托哀思，感念先人。

记得小时候，家门口的小河边有几棵垂柳，虽然不是很粗壮，但也生机勃勃。每当春天到来之时，它们都会一天一个样。天气还有些冷的时候，远远望去，似乎有那么一点新绿，待到走近看，啥也没有，那冒头的小嫩芽微不足道，也许这就是"天街小雨润如酥，草色遥看近却无"（唐·韩愈《早春呈水部张十八员外（其一）》）的意境吧。

天气开始转暖，不经意间，那枝枝丫丫间冒出了许多的新绿，那么多绿聚集在一起，成为一簇簇、一丛丛的嫩绿。也就是一场春雨的工夫，满树的芽都奋力地生长，不消几日就会遍布树的上上下下。微风一吹，那丝丝缕缕的柳枝轻轻摇曳，煞是好看，难怪人们将它们形容为婀娜多姿的女子在梳妆，还为它们美美地奉上一句"碧玉妆成一树高，万条垂下绿丝绦"（唐·贺知章《咏柳》）。

小伙伴们在河边戏水，也会拽柳树折几枝柳条，将短的柳枝圈成头部大小的圆圈，如同接力一般插入、盘上，一顶柳枝帽就做成了。青翠的柳枝帽，奔跑的小孩童，欢乐的笑语声，和着鸟语花香，一幅乡间其乐融融的山水画呈现在我们永久的记忆里。我们也会将剩下的柳枝插在河沿的土壤里，这些柳枝插到哪里便在哪里生长，"有意栽花花不发，无心插柳柳成荫"（明·无名氏《增广贤文》）。

我们目之所及的树木大多是椿树、梧桐、榉树、香樟、栾树、紫叶李、女贞、夹竹桃……唯独柳树的身影很少见。

办公室的后面就有一株高大的桐花树，默默地生长着，不知是谁栽，也不知几多岁，就那么一年又一年花开花落花满天。

桐花，指的是泡桐花，并非梧桐花。它的花冠较大，样子是漏斗状钟形至管状漏斗形，像倒挂的一串铃铛，外表呈紫色，使人顿生爱慕之心，捡拾起掉落的花瓣，可以看到花瓣内部有深紫色的斑点，在纵褶隆起处还有微微的黄色。

唐朝诗人元稹（胧月上山馆，紫桐垂好阴。可惜暗澹色，无人知此心……）、白居易（春令有常候，清明桐始发。何此巴峡中，桐花开十月。岂伊物理变，信是土宜别……）对桐花都曾吟诵过，赋予了桐花人格，使桐花的品格得到了升华，也让人们从另外一个角度认识了桐花，知晓了清明的另一层韵味。

有人一定会问，此时的桐花有啥用意呢？它的意象又有哪些呢？结合清明，我们可以想见它传递出的讯息——永远的守候，这是它的花语，也是清明的另一层"节语"。

谷雨

《月令七十二候集解》：谷雨，三月中。自雨水后，土膏脉动，今又雨其谷于水也。

三候 萍始生，鸣鸠拂其羽，戴胜降于桑。

时间 每年公历 4 月 19 日、20 日或 21 日

"清明断雪，谷雨断霜。"

谷雨是二十四节气里春季的最后一个节气，自此之后那个叫"冷"的日子基本上是一去不复返了，从此之后就要步入夏季。

今日是谷雨，天空却一滴雨水也没有，温度直达28℃。已经连续许多日子了，是不是有一些暗示：先热后雨？是不是天气已经等不及，想早日进入那大汗淋漓的时刻呢？

姑且不管热与冷暗地里在握手交替，还是暗中较劲，也许是，也许都不是。我们猜也猜不着天气的心思。室外的柳絮已经飘扬了起来，虽不壮观，但偶尔会额头撞到一颗，它也会"咯咯"地躲闪开去，还时不时地打着招呼，倏地一下飞上了高空，又"忽"地一下直落而下。

元代吴澄的《月令七十二候集解》中记载："三月中。自雨水后，土膏脉动，今又雨其谷于水也。雨读作去声，如雨我公田之雨。盖谷以此时播种，自上而下也。"俗话说"雨生百谷"，也就是说谷雨这天一定是绵绵的雨，淅淅的湿。难道今年的谷雨真的没雨？它真的一步就跨入了夏季？正当热汗直流，瘫坐在沙发里时，天气预报一字一句清晰地做着预报。

今天多云转阴，明天多云到阴，有阵雨或雷雨。其中，今天夜里有雨，雨量小雨到中雨。受较强冷空气和降水影响，未来三天将出现"俯冲式"降温，今天最高气温22℃到23℃，周末两天最低气温12℃到13℃。

雨来了，风来了，气温再一次降低了。这是什么节奏？"回访"吗？是不是眷念暮春那百花齐放、春雨缠绵的情愫？

　　那早起的鸟儿在屋外的枝头叽叽喳喳地叫唤个不停，似乎在宣布着来自北方或是大海的讯息。抬眼望天，对着那黑沉沉的乌云感叹：你是来补偿谷雨的吗？还是为了应景的呢？

　　顺着南河沿，我向单位走去，耳畔传来"布谷布谷"的声音，催促着人们赶紧播种，待到秋来大丰收。

　　秦淮河的支流珍珠河，河面三三两两地漂浮着片片浮萍，碧绿碧绿。河中央的喷泉"哗啦啦"地喷涌出朵朵水花，像一盏盏盛开的莲花。谷雨有三候，第一候便是"萍始生"。读到"浮萍"，我自然而然地就会想到漂浮在儿时记忆里河面上的那一片片浮萍。

　　儿时，我们生活在那个有着一扇铁栅栏门的小院里，隔壁就是油米厂。我们虽然衣食无忧，但物质的贫乏在那个年代还是普遍的。为了改善生活，让餐桌上菜丰盛一些，父亲想了许多点子：最先在自家屋子外的左右两边建起了鸡舍、鸭舍、鹅笼、厨房，腾出更多的空间来安排家人的住宿。不消几个星期，小院内每家每户的门前如同克隆般的出现了各色的鸡舍、鸭舍、鹅笼和厨房。早起，"咯咯哒""嘎嘎嘎"的声音此起彼伏，整个院子里到处都是鸭、鹅摇晃的身影，分不清是你家的还是我家的。好在，天一黑，它们自己就会回到各自的"家"，好不热闹。厨房内也总能飘溢出鸡肉、鸭肉的香味。

　　时隔不久，父亲又在小院的台阶右侧（临近尿布河，因为常有人在河里洗小孩的尿布，所以人们称它为"尿布河"）建起了简易的猪圈。自然，我们也有了一份事务：打扫猪圈，维持内部的干净。夏天更是每日用清水清洗，甚至还要给猪洗澡、刷毛。看着它们舒舒服服的样子，我的内心有时还会生出羡慕的心情：像它们那样吃吃喝喝睡睡，那该是多么享受的事情呀！

养的家禽多了后，它们的吃就提上了议事日程，每日要为它们的吃而烦神。春去秋来，冬转夏至，一年又一年，能想到的食物都会被安排到这些家禽的"食谱"里，浮萍就是其中之一。

每到谷雨时节，尿布河的四周总是零星地漂浮着绿绿的、小小的、圆圆的浮萍，我也总是拎着竹篮，顺着河边用渔网兜舀着。河水从竹篮的缝隙间滴落，那小片小片的浮萍就无奈地躺在竹篮里了。可，这么一点点不要说喂猪，就是给鸡鸭鹅都只能是塞塞牙缝。

迎着水流来的方向，我往尿布河的西北角走去，深一脚浅一脚地绕过插入河内的一堵墙（它是将小院住宅区与油米厂隔离开的屏障），一个转弯，看到了远处西北角有大片浮在水面的绿色。"啊！浮萍！"我挥舞着手，不承想一个侧身，整个人落入了河里。好在河水只没到膝盖处，我立马站起身一把抹去脸上的水，顾不上湿淋淋的身子，七手八脚地爬上岸边，向那个绿色的滩涂奔去。

到了眼前，我有些失望：密密麻麻满眼的绿色居然都是水葫芦。刚想转身走开，忽然心里有了另外的想法：何不将这些水葫芦取回家，说不定鸡鸭鹅猪也吃呢。于是，满满当当的一竹篮也就不成问题。

回到小院门口，打开猪圈门，将水葫芦一股脑儿地全部丢进了猪槽。两头小猪看到有食物，摇头晃脑地走了过来，用鼻子拱了拱，然后"哼呀哈"地吃了起来。吃完后，抬头看着我，似乎在等待下一波的水葫芦。

惊喜！太惊喜了！它们居然喜欢吃水葫芦。我来回奔跑了几回，捞回一篮又一篮的水葫芦。那些个漂在水面的片片浮萍再也没有进入我的视线和竹篮。

今日谷雨，不见雨，也不见浮萍。

立夏

《月令七十二候集解》：立夏，四月节。夏，假也，物至此时皆假大也。

三候 蝼蝈鸣，蚯蚓出，王瓜生。

时间 每年公历5月5日或6日

室外，风猛烈地刮着，虽不冷，但有些凉意；走入屋内，关上房门，不让一丝风钻进来，不消一会儿就觉得有些闷热。我身上穿了一件衬衣在室外溜达了一小圈，身子就会微微地发颤。如果穿上一件外套，顿时感觉暖和，可时间不长浑身又有那么一点燥热，又想将外套脱去。

如此的状态持续了一天。

看到日历提醒，方才感悟到：立夏。夏，已悄然地靠近了你我。

立夏，告别春季，进入夏季的开始。所谓立，就是开始的意思，一年有四个"立"：立春、立夏、立秋、立冬，它们分别代表春季、夏季、秋季、冬季的到来。元代吴澄的《月令七十二候集解》对于"夏"也有具体的解释："夏，假也，物至此时皆假大也。"这里的"假"并不是真假的"假"，而是"大"的意思。也就是说，经过春季之后，天地间的植物到立夏这个时间都已经长大了。"夏"在《尔雅》中也被称为"长赢"，即盈满、盈余的意思，与"假"的意思有相同之处：万物进入旺季生长的一个重要时间节点。

所有的这一切从校园的棵棵植物上也能窥见一斑：校门口的那棵榉树满身的枝叶茂盛，努力地向上生长着，形成了大大的华盖，为底下的那一株株黄色、紫色的小花小草遮风挡雨；对面的那株老梓树见雨就长，几日没有注意它，枝头长满了苍翠的绿叶，一片又一片地叠压在一起，密不透风，老去的豆荚条只剩下一副躯壳，逐渐被从枝丫间挤出的新绿所取代；还有那棵枇杷树，在你不经意之间，小小的果实一天长一圈，被绿叶簇拥着，与你捉着迷藏……

这样的绿，这样的旺盛不计其数。

立夏，就是夏来了。夏来了，校园内的小伙伴们一定会蹦跳着迎接它吧？

因为夏来了，小伙伴们可以随爸爸妈妈一起出门去旅游，五一假期人山人海就是例证；可以在凉爽的树荫底下听知了们重复着说"知了，知了"，虽然暂时还未听到，但那声声的鸣叫似乎已经开始在空气里萦绕了……

哦，小朋友可能还会说：我还会安安静静地窝在小书房看书，虽然不出门，但却放眼世界，胸怀天下。

读书，可以让我们的眼界更宽广，让我们的思考更周密，让我们的行为更灵敏。我们可以通过读书去"浮想联翩"，如同一双隐形的翅膀，让自己有更多的认知。

除了读书，小朋友们可能还会说："我要去乡间田野跟昆虫们来一次约会哦！"

是的！我们可以蹲伏下来，静静地听一听那草丛中都有哪些声音。

窸窸窣窣的是蟋蟀，也许是蝈蝈。

嗡嗡嗡嗡的是蜜蜂，也许是甲虫。

吱吱吱吱的是鼹鼠，也许是穿山甲。

……

或许，安安静静，你啥都听不到。那也没有关系，因为你看到了青草在生长，闻到了青草散发着的芳香，感受到夏风从远方捎来的欢声笑语。

夏天来了的时候，小朋友们可以在你喜欢的土地上种桃、种李、种夏风，养花、养草、养心灵。或许，我们可以捧着书，想象着夏给我们带来的那份快乐。

唐代诗人白居易在《暮江吟》中这样吟唱："一道残阳铺水中，半江瑟瑟半江红。可怜九月初三夜，露似真珠月似弓。"诗意大致是：一道残阳渐沉江中，半江碧绿半江艳红。最可爱的是那九月初三之夜，露珠亮似珍珠，朗朗新月形如弯弓。"可怜"一般的解释为对某人、某事产生怜悯之心。而此处的"可怜"意思是"可爱"，是诗人对大自然景色的一种赞叹，这是一种爱。

爱，是每个人心底最温柔的那一份，不轻易外露。爱，是存在于心底的一份善良。人世间有多种多样的爱：家人之间的亲情之爱，朋友之间的友情之爱，恋人之间的生死相许之爱……除了人与人之间的爱之外，人类还与自然界的一切生物也有相互依存的爱。

冰波的《夏夜的梦》对于"爱"进行了多角度、多方位的诠释。

《夏夜的梦》中的小女孩，对蟋蟀存在着一种悲悯之爱。这是一只会演奏"音乐"的蟋蟀（名叫"吉铃"），却被小女孩的哥哥捕捉到，放进瓦盆里与另外一只蟋蟀进行格斗，甚至丢掉了性命。小女孩在夏夜看到了令她不可思议的一幕：

　　玻璃窗外，飞舞着数不清的各种昆虫；窗台上，也密密地停满了昆虫。许多的昆虫，用他们的头和身子，在玻璃上撞着，那样的坚决，那样的不顾一切。啊，他们是想飞进窗子里来。

叮，叮，叮！女孩打开了窗子。纺织娘、萤火虫和蚂蚱带头，轻轻地叫唤着，停在瓦盆周围。

此时此刻：

女孩虽然听不懂他们的话，但看到这奇特的一幕，她明白了……

小女孩作出了一个决定：

女孩打开了瓦盆盖，把瓦盆倾倒，微微颤抖着说："出来吧，我的蟋蟀，你到家了……"

这是爱的呼唤，这是爱的决定。

女孩睡在柔柔的床上了。她身上带着草丛里泥土的芳香。

夏天的夜，多么静啊！

当女孩闭上眼睛，快要睡熟时候，风儿从草丛里带来了蟋蟀的歌声。

像幽谷里一片飘飞的树叶，落到了深潭静静的水面轻轻打转，荡起一圈圈细细的涟漪；像山洞里一滴自由的泉水，滴落在光滑的岩石上，发出一声声轻轻的回响。吉铃的演奏，融合着对女孩的感激和对草丛的热爱。

正如歌词唱的那样：这是爱的奉献 / 这是人间的春风 / 这是生命的源泉 / 再没有心的沙漠 / 再没有爱的荒原 / 死神也望而却步 / 幸福之花处处开遍……

立夏，带给你的究竟是什么呢？

小满

《月令七十二候集解》：小满，四月中。小满者，物至于此小得盈满。

三候 苦菜秀，靡草死，麦秋至。

时间 每年公历 5 月 20 日、21 日或 22 日

我迎着夕阳踏步走在无想山的步道。步履轻松的我，超越着路上一个又一个的行人，小小的"胜利"让我窃喜，满足感顿时涌起。及至前方有两人，全副跑步的行头，双臂用力地摆动。我对自己说：他俩目前正处于快走状态，赶紧的！赶紧的！超越他们，一切皆有可能……也就是那么百米的距离，两人忽然跑了起来，不消几分钟就消失在路的拐弯处。

　　我有些失落。

　　忽然，我听到清脆的鸟鸣声，侧着耳、歪着头循声找去，路上的银杏树枝头有一只我叫不上名的小鸟。它圆滚滚的身子，肚皮泛着微微的白，头昂着，不屑于世地站立在枯枝上，一步一步地向树枝尖攀去。

　　我这才注意到这沿路而来的银杏树，一排排、一行行，历经了许多年，它们变化不多：春来嫩绿，夏来墨绿，秋来金黄，冬来枯枝，年年如此。不对！枯枝？今日不是小满吗？已到夏了。我定睛再瞧，这棵银杏树有的树枝上已长满了嫩叶，有那么一两根树枝似乎没有挨过去年的冬季，失去了生机，正在成为"枯藤老枝"。而那蹲伏的小鸟毫不在意，它仍旧享受着凌空眺望、昂首攀登的快乐。

　　您说，这枯枝失落吗？它会感叹自己的不如意吗？我看没有。它在意的并非它这一枝是否发芽、是否美观，只要是与兄弟姐妹们同在一棵树上，那就是幸福。

　　有那么一点点小小的"长相不足"，也不影响银杏树的幸福；有那么一点点小小的"步履蹒跚"，也不影响小鸟的快乐。

内心满足了，一切似乎都能包容。

此时，迎面跑来刚才不见踪影的两人。擦肩而过，我们相视一笑。

我咧着嘴，继续着前行的步伐，脚步更加轻盈。到了红绿灯交会处，顺着道，右拐，我知道前方是金龙路的南方延伸段，那里有一条水道，水道边有一条塑胶跑道。

记得还是冬日的某一天，我曾顺着水道从南往北，猛烈的北风刮得脸庞生疼生疼，耳旁不时传来"哗啦啦"的流水声。看着那活蹦乱跳的水花，似乎不知天寒地冻是啥滋味，也不知春暖花开是啥风景，只管一路向北奔流而去。

如果您那日在场，静静地看这条水道，就会发现那里的地势是南高北低。冬日里的水流量不大，有了落差，水花四溅。或许它们正在拼抢，看谁是最强"泳者"；或许它们正在竞赛，看谁是最强"玩主"；或许什么都不是，就是在显示谁是最强"尖叫者"……

您猜，现在这条水道是否也会"哗啦啦"呢？如果选择"是"，那您就大错特错了，从南到北，水道里"小满"，听不到水花们的嬉笑声。只有等您侧耳仔细听，才能听到那弱弱的私语声，它们相拥着，鼓着劲齐步走。

我的脚步受它们的感染，也慢了许多，想多看看那些相拥的亲密水流，感受它们的幸福，想象着它们的温暖。

原来，小满时的水花才是真正的"王者"。

水道的尽头是一座小桥，水至此穿桥而过，进入到了暗渠。我看着那黑乎乎的洞口，想象着来自无想山山巅的溪水一路丝滑而来的场景。

大满则溢，小满则足。

想起了，今日是小满节气。

我站在桥头，该从何说起这个二十四节气的小满呢？思来想去，觉得天气最值得叨一叨：说是到了夏天，清晨骑着电瓶车出门，迎面有些凉意钻入袖口、领口，让人不禁微微发颤；如若说没有入夏，身上有那么一点点的汗渍从皮肤里面悄无声息地渗出，黏着衬衣。

不容多想，我一转弯来到了无想山脚下，抬头望见浓翠的山顶，回望还留有淡淡夕阳余晖的天边，看着它有着说不出的畅快。我提脚回转，顺着那条栽满银杏树的大道奔向灯火阑珊的小区。

东方出现了月亮的影子。

前面一男孩拉着爸爸的衣角，高声地问："爸爸，太阳还没有下山，月亮怎么会出来了呢？"

爸爸抬头看看东边的天空，神秘地说："月亮和太阳，原来是一对好朋友。它们经常在一起玩耍，当然，它们在天上有各自的分工。有一首儿歌唱出了月亮的任务：'月姐姐，多变化，初一二，黑麻麻，初三四，银钩样，初八九，似龙牙，十一二，半边瓜，十五银盘高高挂。'"一边说，一边指着天上弯弯的月亮让孩子看，"太阳的任务是白天照耀大地，给万物以阳光。"

　　孩子显然有些着急，指着东边的月亮与西边的太阳余晖追问："那……那太阳和月亮现在怎么不在一起了呢？"

　　爸爸哈哈一笑："两位好朋友经常在一起快乐地玩耍着，一到时间，它们就回到各自的岗位上去工作。"

　　孩子停下脚步，托着下巴，一会儿看看东方的月亮，一会儿又看看西边的晚霞，想象着它们在一起的欢乐情景："爸爸，它们在一起荡秋千、捉迷藏吗？它们在一起放风筝吗？它们一定玩得非常开心，是吗？"

　　"是的！"爸爸肯定地点点头。

　　"它们分开的时候，肯定是很难过的！"

　　"是啊，但是它们又得去工作呀！"爸爸接上话茬。停了一会儿，爸爸接着说，"可是有一天，它们在一起玩耍得忘记了时间，结果发生事情了……"

　　孩子急得握住了小拳头："怎么了？怎么了？"

　　"到了白天，天空没有了太阳，大地一片漆黑，人们生活在黑暗中。玉皇大帝生气了，宣布以后不准月亮、太阳再见面。"

　　"好可怜哦！"孩子面露伤心。

　　"怎么办呢？"爸爸看着开始拉下夜幕的天空思考着。

　　孩子看着渐渐升起的月亮，惊叫起来："后来，两位好朋友一直没有再相聚。为了想看到对方。它们只好一个早点出来，一个迟些下山。它们一个在东，一个在西，远远地打着招呼。对吧？"

　　"对！"爸爸站起身来，"孩子，你看，太阳也累了，它下山回家睡觉去了。"

天色暗下来了，路灯亮堂堂，偶尔还有几只飞虫不停地撞击着闪闪发亮的灯罩。父子俩伫立着，久久地看着天空，一句话没说。

凉热相伴，温柔以对，算是一个舒服的日子。

二十四节气里有许多的节气是步步紧随的：小暑之后是大暑，小雪之后是大雪，小寒之后是大寒。可惜，小满之后没有大满。

您是不是满心狐疑？是不是有些不解？我起初也有一点点的不解，内心曾纳闷了许久，不得释怀。今日，我才知晓：小满，已经有了"满"，就是有了"知足"。假使是"大满"，那就没有了更高、更多、更理想化状态的追求，有可能还会溢出、流失。

据说，孔子有一次去周庙参观，看到庙中有个欹器，孔子就问："这是什么器物？"

守庙的人告诉他："这是佑座器。"

孔子说："我听说这种东西灌满了水就翻过去，没有水就倾斜，灌一半的水正好能垂直正立，是这样的吗？"

守庙的人回答："是的！"

为了验证真实性，孔子特意让子路取来水试了试，果然像刚才说的那样。孔子长叹一声，说："唉，哪有满了而不翻倒的呢？"

满则溢。

小满节气，刚刚好，舒适。

季节如此，人心也应如此。

生活节奏，不紧不慢，温柔以待，刚刚好。

一切都是刚刚好，小小满足。

端午

（外一篇）

　　凌晨，过了子夜，我醒了，不是自然的醒，而是被天气的闷热搅扰醒的，浑身汗津津的，极为不适，侧转反复，不得安身。

　　这是一种奇怪的感觉，不知是否与端午时节到来有关。

　　来到阳台，打开窗子，眺望远处的星星点点，想抒发一番感叹，忽一阵清风吹来，思绪全无。回到床榻，继续安睡。

　　一夜梦香。

　　早上早早醒了。屋外，天阴沉沉的，不得欢颜，也许就是为了应景：并非快乐，一切安康。

　　"蒲艾簪门，虎符系臂。"邻居是个热心肠的人，前几日就买来艾草插在门边，也在我们的门边插了一株香香的艾草，清新可人。我不由得想到了邻居无私的插柳、插茱萸等暖心的

"顺带"之举。

端午时节正处暑气来袭之日，气温升高，蚊蝇虫蚁等一些扰人的小虫出现，给人带来很大的滋扰。民间言："端午到，五毒出。"艾草有着独特的芳香气味，把它插挂在自家门口，能起到驱散虫害的作用。

为了答谢邻居"邻帮邻"的善举，我们也回馈了小礼，也顺带赠予邻居家孙女我的作品《气球宝贝》。不承想，孩子面露惊喜，大声疾呼："爸爸，蒋老师又送我书了！蒋老师又送我书了！"

这样的惊呼声绕梁三圈，让我久久回味。

坐定餐桌，窗外吹来丝丝凉爽的风，神清气爽。"五月五，是端阳；吃粽子，挂香囊；门插艾，香满堂……"吃粽子、剥蛋壳，喝着香浓的芝麻豆浆，看着妻特制的绿豆冰糕上"步步高升"字眼，心情大喜，取上一个，咬上一口，绵绵的、酥酥的，入口即化，香甜的滋味让人不禁又尝了一块。

端午，就这样开启了。

陪妻去了超市，买了东西，车子行驶在去秋湖嘉苑的路上。

天仍旧是那个阴沉沉的模样，没有半点高兴的样子。当然，这样的节日也不能说快乐，一切安康即可。路两边的树木郁郁葱葱，大多数是梧桐与栾树，还有一些是玉兰。

栾树旺盛的生长期在三四月份，满树被黄色的小花所覆盖，承重不了时，那小小的花苞便落满地面，远远看去，黄黄的一片，给人内心温暖的感觉，煞是好看。有时，我骑着电瓶车路遇黄色的小花，也会捡起几朵，触及鼻尖，轻轻地嗅嗅，淡淡的芬芳钻入鼻翼，让人顿觉神清气爽，回味无穷。

"玉兰怎么又开花了呢？"我好奇地指了指路边，"二三月份的时候不是开过一次了吗？那么大，那么白。"

"这个你就老外了吧？玉兰花会有两次开花的机会，一次是你说的二三月间，一次是七八月间。这一段时间天气格外炎热，玉兰花虽然还没有密密麻麻地开放，但也开始一朵一朵陆陆续续地绽开了。"妻边开车边说着。

对于玉兰花，我极为喜欢，我家楼底下马路边就有一排，每次看到它们悄无声息地怒放，是那样的洁白。那一棵棵的玉兰树普通得不能再普通，长得不是很高大，有的树干的树皮都已开裂，摸上去有些粗糙。但它们却能在炎热的夏天遮挡住强烈的太阳光，冬天也能承受住朵朵的雪花，荣辱不惊。此时，有几朵白白的、大大的花露出笑脸，向每一位过往的行人打着招呼。如若你久久地看着它，定会心生爱慕。

车子过了一个又一个十字路口，转弯上了国道，片刻工夫便看到了秋湖嘉苑一幢幢伫立的楼宇。拐弯进入小区，停车、下车、提货、上楼，来到了目的地。岳母迎接了我们，岳父还在工作岗位上值守。不大一会儿，岳父回来了，吃午饭了，其中有一道菜是小虾。

俗话说，清明螺蛳端午虾。螺蛳，菜市场现在也有的卖，但已经不是端午的主要食谱了，因为它们已经过了肥美的时间。

"这个虾子是河虾哦，动筷子吃哦！"岳母说。

我用筷子夹了一堆。为何是"一堆"？因为这些都是小小的河虾，地道的、野生的，并非人工培育的。仔细看，这些虾体态小巧，胡须长长，因为煎炒的缘故，它们已经蜷缩起了身子，肚皮底下显露出焦色，背部却有着丝丝的红润。

看着这些小虾，我不由得想到了儿时在家门前的塘坝里摸鱼捞虾的情形。那是三条不大的池塘：一条名叫毛家河，一条名叫尿布河，一条名叫外河，它们各自承担着各自的使命。

毛家河在我看来，不仅宽而且长长的，一直到即将上中学时，我才胆战心惊地用狗刨式的游泳姿势从西到东游了一遍，内心的惊喜至今还念念不忘。毛家河主要是人们用来洗菜、淘米的场所，一个小小的码头上常常有许多的人在清洗着瓜果蔬菜，大家似乎是约定好的，其他的洗刷物很少浸润到这条池塘里。

尿布河，东临毛家河，越往西越狭窄，最终消失殆尽，仅剩一条小小的溪水沟，常年叮叮咚咚地流着水。从它的名字上看似乎是洗婴儿的尿布之类的东西，其实是人们洗刷衣物的池塘。除此之外，人们还喜欢在这个里面洗刷拖把之类的东西。久而久之，池塘里的淤泥都是黑乎乎的，似乎要与那些脏污相融合。它与毛家河之间有一个小小的暗道相通，两边各有过滤网隔离着。

外河，南北走向，东与毛家河、北与尿布河相邻，相互间有着高高的堤坝隔离，互不融通。外河里到处都是一枝枝的荷叶挺立，当满池荷花盛开时，偶尔会有一两艘小船穿梭其间，"兴尽晚回舟，误入藕花深处"，岸边的稻田里时不时地会飞起一只只小小的鸥鹭，给人"争渡，争渡，惊起一滩鸥鹭"的无限遐想。

外河是美好的，亭亭玉立的荷花、荷叶使得小伙伴们常常流连在它的四周。最令大伙难忘的还是它最北端（与尿布河相邻）的抽水机站。炎热时节，"轰隆隆"的抽水机声响起，小伙伴们便会一拥而至，"扑通扑通"地跳入那巨大出水口，任由"哗啦啦"的水流清洗全身，然后一个跃身，随着滑道钻入尿布河的河面。然后，大家又不厌其烦地重复着刚才的举动，欢笑声、尖叫声、嬉闹声不绝于耳。

有的小伙伴手提竹篮，顺着尿布河、毛家河不深不浅的岸滩摸索着螺丝、河蚌向前行进，嘴里还数着"一个，两个，三个……"

有的小伙伴会将自己制作的四方四正、小小的纱布网兜轻手轻脚地放入荷塘，提着线耐心地蹲坐在荷塘边。几分钟、十几分钟的光景，猛地一拉，纱布网兜一个收缩，里面偶尔会看到活蹦乱跳的小虾，嘴里不停地喊叫着"有了！有了！"。

……

我夹起小虾放入嘴里，那小虾的根根胡须刺得舌头麻麻的，却不生疼，轻轻一咬，舌尖尝到了淡淡的鲜滋味，耳边还会传来那声声"有了，有了"的喊叫声。

芒種

《月令七十二候集解》：芒种，五月节。谓有芒之种谷可稼种矣。

三候 螳螂生，鵙始鸣，反舌无声。

时间 每年公历6月6日或7日

窗外还处于不明朗时刻，我就醒了。

我不知道的是，此时已经芒种了：00:25:37。这是事后我查阅的资料显示的具体时间，也是几千年前智慧的古人根据气候而得出的节气时间。

无论是哪一个时段，哪一个日子，哪一个点位，人们想表达的只是一年四季周而复始、生生不息地交替，也蕴含着对此时此刻美好的祝福及对未来的日子（节气）的追寻。

芒种，见"芒"见"种"。

芒，大麦、小麦等一类带"草字头"的农作物。到了今日，它们一个个都饱满而待收。今早的阳光照得人身上热辣辣的，我能想见田间一定是热闹非凡的：一台台的收割机不停地从地头到地尾，又折身从地尾到地头，一茬接着一茬的庄稼整齐划一地颗粒归仓。

这就是"芒"，也是忙碌。

今日过了，明日就是高考的时日，更是一个忙碌的日子。不由得让我想到了当年小康那几日的情形。

如果您不厌，我再一次为您描述当年的那段岁月。

时光。流逝。花开。花落。

时间从指间缓缓地流走，伴随着我走过春、夏、秋、冬这一年四季。此时，我不再是一个刚入学不久的新生了。

春，播种的季节。我们踏进了这座校园，为我们的未来播下希望的种子，为秋天的收获打开道路。

春天，万物复苏，明媚的春光照耀在身上，使我感受到青春的美好与活力。我又长大了一点，学会了自信、自立、自强，学会了面对生活。

夏，奋斗的季节。烈日当空，太阳正对我们放出了它所有的能量，烘烤着整座校园，一阵阵的热浪扑面而来。我们正在奋斗中，为种下的种子浇灌汗水，为了秋的收获而奋斗，因为我明白，胜利的果实是上天给予奋斗者最好的礼物。因此，我们在夏蝉的鸣叫声中学会了奋斗。

秋，收获的季节。人们常说，秋的颜色是金黄色的。没错，当第一片树叶飘落的时候，已经预示着秋的来临，农民伯伯们也早已为了收获做足了准备，我们也不例外。我们拿到成绩单在那里笑呢，那是我们一年来奋斗的结晶，我感到了，我又长大了一点，学会收获了。

冬，准备的季节。从第一朵雪花飘落下来，冬天已经把整个世界变成了银色的，只剩下了几根光秃秃的树干在寒风中瑟瑟发抖。别被这样的景象吓到。殊不知，在雪为树保温的被子下，树叶正在腐化成为养分，为来年的春天，做足了准备，所以在冬日的雪花中，我明白了提前做准备的意义。

又是一年四季，在这些梦中，我明白了那些道理。于是，我便在四季中慢慢长大。（摘自《夏日槐花》，蒋岭著）

这样的一个心路历程，不就是忙碌的一种体现吗？不就是为了接收"芒"带来的丰硕成果前的感悟吗？

由此，"芒"而不"茫"，坚守自己的信念，坚持自己的执着，定会将一粒粒饱满的种子收于囊中。

我定了定神，发觉站在走廊的台阶边缘已有一段时间，阳光也热情似火地拥抱了我，似乎也是在暗示"芒种芒种，收获收获"。

"芒"从草字头，即为"青青"。是不是有点"青青子衿，悠悠我心。纵我不往，子宁不嗣音"的意蕴？青青的是你的衣领，悠悠的是我的心境。纵然我不曾去会你，难道你就此断了音信？春种、夏长、秋收、冬藏，亘古不变。春的"青青"便是"芒"，而等到夏初之际会长出、长成，直至长熟。或许此时有"收"，有"待"，形成了"芒"后的"种"，静待秋收与冬藏。

于是，"种"也成了此时此刻的重要一环。想想：赶上芒种的六月不正是要迎来夏收、夏种吗？

我特意查询了一下"芒"的解释：从草字头，表示是草的尖端，下面是"亡"，也就是有了"失去"的含义。但，最终"芒"引申为"植物的细刺"，也就是草的尖端的那部分。所以，芒种虽有收获、播种的意味，也需要忙忙碌碌，但绝不可以有"失去心"的"忙"。这样看来，芒种来临，"芒"而不"忙"，"芒"而不"茫"。

我走到了那棵梓树底下，抬头看着它翠色欲滴的叶片、长长吊挂的呈椭圆形的荚果，内心一阵欢喜。这时，迎面走来了糖糖老师与她的孩子。

"冬天，我以为它不行了呢？"

"怎么会呢？"

"因为它枯藤老枝，一切都显得那么破败，枝干似乎被风一吹就会折断。还有，还有，你看，它的树皮都老掉了牙……"糖糖老师激动地上台轻轻地拍了拍树干。

"看上去不咋样，但它有着旺盛的生命力哦。现在，它不是枝繁叶茂吗？"

"是的！是的！它的确让人不可小觑。"糖糖老师笑着走开了。

在你不经意的时候，梓树发芽了，没几天长叶了，又没几日满树被密密麻麻的树叶覆盖了，它不是在"芒种"吗？此时的生长为的是积蓄更多的能力，为冬藏做着准备；在你忽略它的存在的时候，它又慢慢地老去。其实，它是为了下一轮的"芒种"做着自我的蓄能。

为了躲避那灼热的阳光，我回到了走廊。台阶上坐着小斌。他没有过多在意天气的炎热，而是慢条斯理地拧开手里水壶的盖子，端起壶，仰起头，"咕嘟咕嘟"地喝了好多口。拧上壶盖，他轻轻地长吁了一口气，满脸的幸福感。

"小斌，最近你学习似乎松懈了。"我说。

他点点头。

"咋办？"

他看了看我，没有回答。

"要认真。你是一个聪明的孩子，有着聪明的脑袋，不认真地用，有些可惜，懂吗？"

他用力地点点头。

我手一挥，示意回班，他一蹦一跳地进教室了。看着他的背影，眼神忽然被教室内墙壁上贴着的一张表格吸引了。那是一张班级孩子们的"成长摘果表"，一步接着一步地往上"升"……

今天，芒种。忙而不盲。

校区创办了通济书馆，由我领衔担任荣誉馆长，并自此开展了儿童文学作品的推广活动，同时组建了"儿童阅读与写作推广人"志愿者团队。这样的一项举措开启了从"一个人"走向"一群人"的公益推广活动。为了丰富阅读推广活动，我们确定了从"单一形式"走向"多种发展"的模式，有"图书漂流"，有"午间阅读"，有"馆藏推荐"，有"高平儿童文学院"社团一小时，还有"周六读吧"、为民办实事公益活动等项目。为了更好地扩大影响，我们也试着探索从"一所学校"到"一个联盟"（多个学校联谊）机制的建立，将"书香校园"建设深入推进，充分发挥校园在全民阅读活动中的关键性作用。

岁末之际，我们收到了《关于组织开展文学课活动的通知》（2019 年 10 月 31 日，南京被联合国教科文组织评为世界"文学之都"，这是首个获此殊荣的中国城市。由南京市文学之都促进会、南京金陵文化保护发展基金会发起，南京创意中心承办，亲近母语研究院联合执行，南京市教育局作为支持单位的"鸡笼山下文学课"项目，已于 2022 年 3 月正式开启），校长希望我能将此项工作进行申报。

这是一个全新的舞台，也是一个全新的机遇，我开始忙碌起来：先是理思路、填表格，接着找人座谈、确定方向，最后上报。我坚持"忙中不乱""忙而不盲从"，一切都按部就班地进行，随后就在期盼里等待。

"芒种"这个特殊的日子里，我们收到了组织方的讯息：恭喜学校入围第一批文学课联盟学校。入围文学课联盟后，学校需要组织学生到南京文学客厅体验文学课。

您说，这是不是特意送给我的"忙而种得"的果实呢？

今日，芒种，春种秋收，静待花开。

今日，忙种，播撒希望，忙而不乱。

愿您也如"芒种"一般的"忙"，"种瓜得瓜，种豆得豆"！

夏至

《月令七十二候集解》：夏至，五月中。《韵会》曰："夏，假也。至，极也。万物于此皆假大而至极也。"

三候 鹿角解，蝉始鸣，半夏生。

时间 每年公历 6 月 21 日或 22 日

近期感受到火一般热情的气候了吗？有大汗淋漓的感受吗？如果有，恭喜您，您已经入夏了，被"夏"包裹住了。夏至，说明夏天真正地来到了。我也开始被裹挟住了：这几日晚间，浑身都是黏糊糊的，说有汗吧，没有明显的汗珠；说没汗吧，浑身都是湿湿的。总之，整个人感觉不舒服，睡眠也是不得安逸，晚间时睡时醒。

凌晨，太阳早早地就起床了，火辣辣地照射着世间万物，热烈地亲吻着每一寸土地、每一片树叶，直至每一缕清风。继而，大家浑身都充满了热量，慌得寻找躲避的地方。

到了学校，时间是六点三十五分。我站在食堂的二楼，透过浓密的树荫看向东方升起的太阳，抬头四十五度，深情地在心底里喊了一句："早安，太阳！"

屋外温度骤升，人的体感极其不舒适，热极了。

我躲进办公室，享受着空调吹出的冷气，跷着二郎腿看着屋外，内心欢愉。阳光透过云层，"唰"地洒下大朵大朵的阳光，天地间成了白花花的一片。

享受了片刻的惬意，我推开门站到了走廊上，一股热浪扑面而来，接着前呼后拥的股股热浪热情地拥抱了我，汗珠顿时从毛孔里"滋滋滋"地往外冒。我无奈地下了台阶朝前走去，身后"嘻嘻哈哈"的热浪紧追不放。一个转弯，我甩掉了它们，路两旁出现了几大盆睡莲。

它们一个个婀娜多姿、亭亭玉立，曼妙的身姿随着微风轻轻摇摆，释放出无穷的魅力。我在树荫底下的木凳上坐定，歪着头，静静地看着这一株株小荷——路左旁的荷叶斜斜地向右方生长，极力摆脱树荫的束缚；路右旁的小荷枝干向左前方展开绿叶，与左旁的遥相呼应。它们究竟想说悄悄话，还是想倾诉思念？

"快来看！快来看！"

"它醒了！"

"你怎么知道它醒了呢？"

"你看，它左右摇摆，肯定是刚苏醒的，头昏昏的，站不稳的样子呗！"

……

小荷被一阵叽叽喳喳的声音吵醒了，它挺了挺枝杆。阳光洒在它宽宽的荷叶上，绿油油地闪着光。

"哇，真漂亮！"随着一声惊呼，荷叶面前伸过一只手。

荷叶惊得向后躲闪。

水池面轻微地漾起一圈小小的涟漪，难道水池里有金鱼？还是水里的小虫？或是微风的脚尖滑过的痕迹？

"别！你会弄伤它的。"又是另一声惊呼，伸过来的手缩了回去。

不知是向后躲避太过用力，还是被惊呼声吓到，荷叶的身体情不自禁地颤动起来。

"你看，它都害怕了！"

"对不起，我不是故意的。我只是太喜欢它了。"

"没关系！我们一起欣赏它吧！"两张笑脸凑近荷叶，笑盈盈地看着。

是不是觉得我在做梦？是的！我不由得想到了自己就是

一片荷叶、一杆荷枝，或是一朵盛开的荷花。在这样热烈的阳光下舞动着蓬勃的生命，岂不快哉？"泉眼无声惜细流，树阴照水爱晴柔。小荷才露尖尖角，早有蜻蜓立上头。"（宋·杨万里《小池》）

我乐呵呵地看着、听着，眼前两张挂着汗珠的笑脸，如同那三月灿烂的玫瑰花般可爱，周身被阳光暖暖地包围着，散发着阵阵热情。

夏至，火热的夏天真的来了。

漫步在校园内，我的脸颊时时被热情的夏亲吻，感受着它的热烈的情感。站在梓树底下，茂盛的枝叶遮挡住了炽热的阳光，风儿夹着热气迎面吹来，内心充满了暖暖的爱意。

不多一会儿，乌云从东边涌了上来。少顷，天空不再那么光亮了，地面也不再那么明晃晃了，偶尔还有丝丝的风带来阵阵海水的腥味。

"是不是要下雨了？"我问。

"不会！天气预报里说的是多云。"唐老师答。

"我看到了雨点。"

"那是你想的。"

"真的！不信，你伸手接着看看。"我伸出手。

"哪有？"唐老师伸出手，抬头看了看天，"你看，啥也没有。"

"六月的天，小孩的脸，说变就变。说不定……"我边说边走回了走廊。

还没有等我俩转身，滴滴答答的声音一声接着一声地响起。

"下雨了！"唐老师惊呼了一句。

"我说的吧？小孩的脸就是这样，反复无常，捉摸不定的。"我笑了。

"可是……"唐老师的话还没有说完，雨停了。我俩重新踏上校园的道路，而被雨点溅起的热浪混乱糅杂着泥土味扑鼻而来。

夏天来了，带着它满满的热情。

正午，我在校园内巡查。不经意间，我来到了操场的台阶处，看到了"泥土的芬芳"的陶艺展示圈。前几日，后勤组工作人员、总务主任及陶艺坊主持人夏老师，冒着酷暑将一件件陶艺作品摆放在操场斜坡的草丛里，有鲜花系列，有昆虫系列，有水果系列，有植物系列，还有花瓣系列，甚是好看。

这些陶艺作品在如此繁茂的草丛里，一定会有许多精彩的故事呈现，因为它们一个个都是经过火的淬炼而形成的，它们对于火一般热情的夏日并不陌生。它们知道自己来自于何方，将为何而生。如果仔细地聆听，我想一定有如此的轻声细语：

"今天是夏至，是一年中白天最长的日子，一定要好好地展现我们的光彩哦！"

"夏至夏至，光彩夺目！夏至夏至，我荣我乐！"

"我诞生于孩子的精心制作，固化于烈火之中，存在于炎炎的烈日之下，我是校园最美的一件陶艺。"

无论是晨起的旭日，晌午的炙烤，还是黄昏的清凉，每一件陶艺都尽情地展现着自己的魅力，将最美的身姿呈现给来来往往的人。

夜幕垂下，校园飘着幽香，一切归于安静。

这一枚枚陶人一定有着许多的乐趣：

也许，它们会仰望深邃的夜空，想象着能自由翱翔在天宇，诉说着来自古老岁月的陶艺传说；

也许，它们会眯上双眼，趴伏在草丛里，做着传承古老技艺的串串美梦；

也许，它们还会低声吟唱着"秦淮源头，胭脂河畔，绿草茵茵，百花吐艳，这是我们美丽的校园，这是我们可爱的校园……"

……

我是不是想多了？是不是在这个特殊的日子里感受了"夏"的温度，还感受到了"至"给予我的无尽的遐想？今天，太阳直射地面的位置达到一年的最北。古人也有"日长之至，日影短至"。至，极也。

入梅

（外一篇）

梅子黄时日日晴，

小溪泛尽却山行。

绿阴不减来时路，

添得黄鹂四五声。

这是宋代诗人曾几的《三衢道中》，诗中描绘的景象大致如下：初夏时节梅子黄透了，每天都是晴和的天气。乘着小船沿着小溪而行，到了溪流尽头改走山路继续向前行进。一路上，苍翠的树与来时看到的那些一样浓密。这时，茂密的深林中传来几声黄鹂的欢鸣声，增添了许多欢乐与情趣。"梅子黄时"正是江南进入夏季炎热的时候。"日日晴"是诗歌里所描写的景象，而现实中，我们这里却是"阴晴不定"，开始进入了梅雨季节，也就是人们口中所说的汛期：江河湖泊会随着雨量的增加而水位上涨。

于是，"梅子黄时"成了梅雨季节，也就是人们口头常说的"入梅"。梅，与"霉"同音。为什么是"霉"而不是其他的字呢？

小时候，家住乡镇。所谓乡镇，就是农村的一个聚集点，方圆也不大，从东到西也就是十分钟的路程，从北到南也不过二十分钟的步行距离。

一到"入梅"时节，雨也随着热浪而至，有时一下就是一周，甚至半个月之久。站在家门口，看着"哗啦啦"下个不停的雨，眺望着烟雨蒙蒙的远方，内心总有一种想冲出去的冲动。

居住的是平瓦房，屋前是三片河塘。随着雨越下越大，空气里到处湿漉漉的，伸手一抓，似乎就能抓到一大把水汽，墙壁上也有道道水渍，还有豆大的水珠慢悠悠地往下滑，划出了一条条"赛道"。

站累了，搬张竹椅子坐坐，感觉屁股底下湿湿的，用手一摸，裤子上也沾了水迹。无奈，我只得用力地拍了拍裤子。环顾四周，家里的凳子上、桌子上、门窗的玻璃上都有亮闪闪的水汽滑过的痕迹。

"哎，雨停了！真好！"我欢腾着奔出家门，来到屋前，踩着那一个个水洼，溅起的水花也嘻嘻哈哈笑成了一团。

屋前的鸡笼、鸭笼被雨水浸湿了。鸡鸭全身湿漉漉的，紧张地挤在低矮的笼舍内，好在里面还有一点点的干草，足够它们暂时的蹲伏休息。

　　小矮墙上的花花草草一个个都耷拉着脑袋，全然没有了迎着阳光绽放时的神气样。那一颗颗水珠顺着花草的叶尖滴落到地面，发出轻微的"滴答滴答"的声响。

　　太阳从云层里露出灿烂的笑脸，火辣辣地照射着大地，天地间一切立刻被一团又一团的热气包裹，刚刚还在水汽里浸润的身体一下又被蒸烤出密密的汗渍，衣服的后背出现了淡淡的印记，如同用淡墨涂抹的山间缭绕的云雾。

　　半晌的工夫，天空东边又聚集了朵朵乌云，还没等你完全看清楚它们的身影，阵阵狂风已来到了你的眼前，随着"哗"的一声响，雨滴倾盆而下。对于猝不及防的情势，牲畜们又是一阵扑腾乱跳，"咯咯咯""嘎嘎嘎"地乱叫，慌不择路地逃回笼舍，还时不时地浑身抖动，将那点点滴滴的水珠散落。

　　小伙伴们正在院子东头的梧桐树下玩耍，被这来势凶猛的雨水浇得个个都成了落汤鸡，回到屋内又是一番擦拭。

　　反反复复一日又一日，衣服湿了又暴晒，还没有干透又被淋湿了，淋湿了又被蒸得到处是"圈圈"，散发出阵阵的汗臭味。这样的湿了干、干了湿的状态也在墙角、砖块间、桌椅腿上、橱柜的藤条上……不断地上演。

　　夜深人静时，偶尔会听到"呲呲呲"的声音，像种子发芽的声响，像水渍被蒸发的声响，又像藤蔓缠绕的声响。在不经意的时候，墙角、砖块、桌椅腿、橱柜、藤条等处，都能发现小小的、毛茸茸的附着物：霉斑。

对！霉。这就是"梅子黄时"充沛的雨水生成的，从"梅"来到了"霉"。

不对！我走在校园内，却是烈日当空，哪里有一丝丝的雨滴的影子？天空一望无边，湛蓝湛蓝，如同一汪清澈不见底的池水。偶尔有朵朵白云飘过，如同一艘洁白的小舟，轻柔柔地滑过，没有留下任何痕迹。

这哪里是"入霉"？分明是天朗气清的"梅子黄时日日晴，小溪泛尽却山行……"我心里窃喜。

这样的好天气，好心情持续了很久很久。日落西山，金灿灿的晚霞斜斜地照射在梓树顶梢时，那只尖尖嘴的鸟儿"哇哇"地喊了两嗓子，似乎是说："入梅！入梅！"转瞬即逝，夕阳转过西边的楼宇，即将下山，发出耀眼的光芒，虽不舍，但无奈。

树上的哇哇鸟不再啼叫，在树荫底下蹦来跳去，还不时地展开双翅，"哗啦啦"地扇动几下，表示满心的欢喜。

也许是扇动的风吹到了路旁的花草，惹得它们枝颤花动。

也许是花草的颤动挠到了风儿的笑穴，校园内猛地打起了阵阵的旋儿。

也许是这些旋儿股股上升的气流冲击了半空的云朵，它们怒气满脸，一脸阴沉。

也许……

忽然间，天空聚集起了大朵大朵的黑云，打着旋儿从四面八方涌来，煞有"黑云翻墨未遮山"的气势，可迟迟没有半点雨点落下，只是一味地堆积乌云。

我匆忙骑着电车回到了家，站在窗前，眺望着远方那层层叠叠的乌云。我看到乌云间透露出点点的亮白，是雨？是云？还是其他？不大一会儿，天空斜斜地飘落下牛毛般的雨丝。紧接着，雨丝变成了白白的雨线，继而又变成了跳跃的雨珠。我不禁感叹："黑云翻墨未遮山，白雨跳珠乱入船。卷地风来忽吹散，望湖楼下水如天。"

　　天暗了，雨绵绵不断地下着，看不到它们那欢腾的样子，却能听到那"哗啦哗啦"的笑声，似乎表示它们的快乐与满足。

　　就这样，"哗啦哗啦"渐渐变成"噼里啪啦"，后来又转成"哗哗哗"。就是在这样似是奏鸣曲，又似是协奏曲的音乐声中，我枕着热气与潮湿入睡。在梦中，我的双脚不停地踩着那落满地面的水花，嘴里还在不停地数着"一个，两个，三个……"

小暑

《月令七十二候集解》：小暑，六月节。《说文》曰："暑，热也。就热之中分为大小，月初为小，月中为大，今则热气犹小也。"

三候 温风至，蟋蟀居壁，鹰始击。

时间 每年公历 7 月 7 日或 8 日

您好！不知您身处在哪一方？您那儿是否有酷热难耐之感？是否也想乘着风儿上一趟九霄云外吹吹风？

　　您或许笑了，笑我难以抵挡夏日火一般的热情。其实，不是我不愿意，实在是消受不了那来势汹汹的阵阵热浪。万般无奈之下，我只能躲进小楼乘乘凉。

　　平常热得在树头诉说着"知了知了"的知了都躲起来了，世间似乎只剩下热情似火的风儿，其他的一切都已不知去向，安静得出奇。

　　就是这样的热。热得大街小巷很少有人来来去去，迫不得已要出门，无论男女老少都将自己裹得严严实实，只剩两只乌溜溜的眼珠子在寻找躲避热浪的地方。

　　清晨五点多，太阳就早早地起床了，那淘气的热浪也随之洒向了大地的角角落落。此时，人们尚可以躲在树荫下，或是藏身于高楼大厦的阴影里。稍不留神，那热情的光芒就会寻着树叶的缝隙、高楼的拐角倾斜而下，追得你落荒而逃，留下它灿烂如火的笑容。

　　幸好，我躲在屋内，没有出门。站在窗台前，我推开窗子，一股热浪毫不客气地喷满了我的脸庞，它根本不在意你是否需要如此的热情。

　　天气预报说有阵雨，天空也开始阴沉下来，遮住了那火辣辣的光线。我走出屋子，向小菜场走去，边走边抬头看天，心想：快来吧！下点雨吧！等到我回程时，天空仍旧是阴沉着脸，一点雨意也没有，更不要谈雨滴落下。

　　没有雨下，气压又低，浑身更加不舒服，路边的树叶也一动不动，耷拉着脑袋，一声不吭。

忘了告诉您，时值小暑。

您也许要说了：暑，热也。小暑，暑气虽然重，但尚未达到酷热。也许，您还要说上一句：心静自然凉。

早上七点半，我按部就班地来到儿童图书馆继续开展着"手拉手教你写作文"的公益讲座。停放好电瓶车，侧眼看到几个孩子已经进入图书馆的大门。

我拾级而上，来到三楼报告厅，里面早已坐了七八个孩子：早呀！这些孩子是为了一个共同的兴趣，顶着炎热来到这里。

八点钟，不是很大的报告厅已经满满当当地坐了几十个孩子。虽然有空调，但屋外的天空一会儿阴沉，让人感受到一阵阵压抑；一会儿又是阳光明媚、金光一片，让人感到热浪扑面而来。

这就是小暑的"脸色"。

屋内，一群小人儿全部沉浸在学习中，注意力全部放在了那一段段的讲解中……屋外的炎热就是为了衬托屋内的学习热情？或许是屋内的学习热情影响到了屋外"小暑"而释放了极度的热情？

此"热情"非彼"热情"。

暑热难挡，热情锐减。今天也是受朋友之托，做一个小小文案的最后期限。

写写画画了许久，对于文案的设计我有些轻视了，总觉得那就是"故事＋知识点"的组合体。真正文案的细节内容我着实没有太多把握，如同小暑——虽热，但却不是极致的热，只能是预热，历经了一场"小暑过，一日热三分"的尴尬境地：修改了五六遍的文案，终究只是"三分热情"夹杂着"七分虚风"。

好了，我又得将自己的文案创作与公益讲座相互联系在一起了。在热情的基础上说说如何整合素材。

许多孩子写肯定是没问题的，就是"有血有肉""活灵活现"或"跃然纸上"这些方面做得不够。缺的是什么呢？说白了，就是缺少"加工"。

什么是"加工"？谷穗地里生长出来，肯定不能直接入口，要经过脱粒、去壳、烘干、去除杂质等过程。这样，才成为大米到市场上出售。然后我们还要买回家进行淘洗、蒸煮。这样一系列的过程就是"加工"，使得本来粗糙的素材更加精致、好看，入口有味。

写作文的"加工"在哪里呢？自然是对素材进行一些取舍和小装饰——也就是保留与主题相关的素材，使用我们平常学习到的修辞手法：比喻、拟人、夸张、排比、反问、设问、重复……而修辞最大的作用就是使语言更加饱满与漂亮，类似于家里的装饰一样。

毛坯房是需要装修的。道理是一样的。

说着说着，我就想到了《疑案里的作文》的创作，想到了四十个小故事的创作：如果单单是按照写作方法来讲述作文方法，大家一定不喜欢阅读，我想到了一个策略——在故事中融入疑案，从而生成一个思考的过程，在探寻的过程中，逐渐地对主题故事有一个深入的阅读，从而更好地把握全景。我还给了"真相大白"这个环节，就是故事的一个答案。同时出现两个小提示，即"写作秘籍"和"创意写作"，为的就是拓展我们的写作视野，有更多的类似创作的思考，罗列同题材、同类型作文的写作。

我们不可能一挥而就创作出一部作品，这肯定是需要不断地进行练习，关键在平时。素材来源于自己的生活，将经历一一记录下来，再经过断断续续的修改、积累、沉积，定有收获。

傍晚六点，我再次步出家门。走在马路的林荫道上，阳光仍旧热辣辣地照在我的身上，臂膀上感到一阵阵的生疼。"倏忽温风至，因循小暑来。竹喧先觉雨，山暗已闻雷。户牖深青霭，阶庭长绿苔。鹰鹯新习学，蟋蟀莫相催。"（唐·元稹《咏廿四气诗·小暑六月节》）原以为能见到雨，可它却逃遁得远远的，原以为能看到蟋蟀鸣叫、老鹰盘旋，四周、天空却是空空一片，究竟是什么原因呢？

因为小暑，天气炎热，避之不及。

出梅

（外一篇）

　　这几日，天气异常地"生气"，似乎要将一年的"怒火"全部喷射而出。太阳还没有从东方升起，那热乎乎的风儿却早已将大地的边边角角全部巡视了一遍，留下的是汗渍渍的水汽，惹得花花草草全都喘不过气来，皱着眉、低着头、含着胸，一副无精打采的模样。

　　这便是入梅以来的景气。

　　今日"出梅"了，又将是一种怎样的状态呢？是否欢欣鼓舞，要扬眉吐气呢？如果你这样想，那就大错特错了。那暖暖的、湿湿的热气，裹挟着风儿一阵紧似一阵地扑来，弄得满脸红光，汗珠子不知因何而落，上衣的背后莫名地印上了一幅无人能看得懂的地图。

　　我想：您此刻一定会在空调房间内，舒舒服服地享受着清凉。

"出梅"的"梅"如同"霉气"的"霉"。这个夏日给我们的生活、学习都带来了不小的挑战：光是这样的高温气候，就足够让每一个人难受，都想着法子去躲避。

"出梅"，除去了霉气，一切从今日开始进入了一个"崭新的时日"。

"入梅"之后的天气，我印象中就是连绵不断的雨、雾气蒙蒙的雨，到处都是雨滴，到处都是溪水，到处都是湿漉漉的一片。可这次"入梅"之后，很少见到下大雨，即使有两天下了雨，也都是毛毛雨，多数人都是慢腾腾地在雨中晃悠，全然没有将雨放在眼里，任由小雨滴洒在身上。

无雨，是对今年的梅雨季节的印象。印象最深刻的当属那份热，不是湿热，而是干热。

每天都是一身汗，不进入空调房间，那身上的汗渍就永远不会干。到了傍晚，身上散发出一阵汗臭味，无奈之下就洗澡。洗完澡就顺手将衣服浸泡一下，等上几分钟的时间开始搓洗。又是一身汗，脱下的衣服洗干净了，新换的衣服又有了汗渍。不管，将刚刚洗干净的衣服晾在阳台，然后关紧玻璃门。

第二天早晨，打开阳台的玻璃门，那几件衣服摸上去早已干透。你可以想象，衣服在夜里经受了热气如何的一顿"围剿"，又是如何的一顿"热气腾腾"，最后又是如何无奈地"蒸气消散"。

这就是热，是"入梅"之后的干热带来的结果。

您那里是否也如同我这里一样"热气蒸腾"呢？如果没有，那真是令人羡慕；如果是，那我也只能傻笑着祝贺你与我"同等消受"。

　　"出梅"预示着雨季的结束，也预示着夏日"九九"进入了高潮部分，也就是要入三伏天了。也许是给入伏打个头阵，所以天气格外炎热，火辣辣的太阳比任何时候都勤快：将全部的热量洒向人间，将全部的热情给予人类。

　　早八点还差五分钟，我骑着电瓶车到达了儿童图书馆，依旧是那些熟悉的身影，依旧是那些设备，依旧是那凉风习习的讲习室，继续与孩子们一起探讨写作文的技巧。

　　"过渡"是今天的主题，"出梅"也来随声附和："过渡"好似一座桥梁，将所表达的内容相互衔接起来，而"出梅"也正是介于"入梅"与"入伏"的中间地带，它也是过渡呀！

　　"过渡"也好，"出梅"也罢，所有的一切都是生活的一部分。只要留心去观察，我们定能看到、感受到与众不同的东西。

　　21时14分发布雷暴大风黄色预警信号：预计未来6小时内多地将出现雷电，并伴有8级以上阵风、短时强降水等强对流天气，请加强防范。

　　这是天气预报的警示。这则消息很准，到了点，屋外真的刮起了大风，马路边的小树左右摇晃。"呼呼"的风声顺着门缝、窗户缝钻入了屋内，以迅雷不及掩耳之势穿堂而过，等你寻找丝丝踪迹时，它早已消失得无影无踪。

天气炎热，我们开了空调，早早地安睡，至于屋外是否下雨，不得而知。第二天晨起屋外仍旧是"太阳当空照，花儿对我笑"，那刺眼的、白花花的阳光让蒙眬的睡眼有些生疼。这样看来，那样的天气是否是"出梅"的前奏呢？

也许是，也许是巧合。

从早到晚，气温没有一丝丝的变化，到处都是热乎乎的。趴在桌子上，桌子上是热的；坐在沙发上，沙发上是热的；站在窗子边，热浪涌进来；站在树荫底下，热气不断地撞击着我的腰腹。

今日"出梅"，没有等来下雨，等来的依旧是一阵阵的热浪，一颗颗汗珠滚落。

吃过晚饭，走出小区，向无想山走去，步伐不大，只是坚持。走出一半，偶遇路边停着许多辆车，站着许多人。原来，那里就是人们说的"网红小水沟"：一条小溪从无想山奔流而下，一路向北不回头。小溪不深，水流不急，清澈见底。在如此热的"出梅"天，站在小溪里，掬一捧水，轻轻地与它絮语，俯身让"哗哗哗"的水花亲吻自己的脸颊，做一次交谈，这是何等的夏日享受？

一眼望去，无论是小孩，还是老人，大家都满脸欢笑。那份愉悦就是与水亲密接触带来的满心欢喜。孔子关于水有一段精彩的论述，于此作结再合适不过了：

子曰："知者乐水，仁者乐山。知者动，仁者静。知者乐，仁者寿。"（《论语·雍也》）

入伏

（外一篇）

伏，趴下、俯伏的意思。

那么，入伏又是什么意思呢？难道是人由于受到炎热气候的影响受不了而趴下的意思？"金气伏藏之日。"

金气，就是指炎热的天气，"金"的色彩与火辣辣的太阳光的色彩一致。这时间适合藏身于家里，不便外出。当然，这样的说法是一种曲解，是一个牵强附会的"互相牵扯"罢了。

但，不管怎么说，入伏就是进入一年之中最热的时节。

今日起得特别早，太阳虽然没有升起，但客厅里早已热气腾腾，身上的衣服也开始被不断渗出的汗浸湿。客厅里的竹子、发财树、吊兰等花草也都是萎靡不振，耷拉着脑袋。扒开窗户，一股热浪立刻向屋内涌了进来，慌得我向后退了一步。

算了，还是先洗漱吧。拧开水龙头，不承想，水是热乎乎的，那"哗哗哗"的响声似乎是在说"热热热"。

烧早饭一身汗，吃早饭又是一身汗，即使将电风扇拧到最大挡位，仍然不觉凉爽，身上的热汗似乎更多了一层。

太阳今日没有露脸，层层叠叠的乌云一直笼罩着，压得低低的，仿佛一伸手就能摘下那一片片黑沉沉的云。难道云也热得睁不开眼？或是天热得愁容满面？

也许以上都有。

热，那是肯定的。无论你身处屋内，还是屋外；无论你是身处屋檐下，还是树荫下，吹在身上的全都是热风，没有一丝丝的凉爽，有的只是后背慢慢滑下的一颗颗豆大的汗珠，慢慢浸湿了上衣。

入伏了。

这也是入伏该有的热度，也是入伏该有的模样。

天气阴沉的脸慢慢被黑色所代替，树叶终于松了一口气，长长地吐纳着积蓄的热气和满腹的怨气。晚霞也没有来，微风也没有来，路灯的亮光却来了，照在人的身上，立刻觉得又是一阵热气腾腾。

走在路上，散着步。

一路走，一路看：路上的行人大多都是满脸汗珠，可脚步却没有放慢的意思；路上跳广场舞的人满身是汗，可舞动的臂膀却没有停歇的意思……

一路走，一路听：路边树枝上传来阵阵"知了知了"的高声鸣叫，那边传来孩童嘻嘻哈哈的玩闹声，还有远处传来的低沉的犬吠声……

真是热，热闹一片，热烈一团。

除了热之外，人们躲避入伏的方式似乎也就是"躲进小楼成一统"，享受着空调带来的惬意。

遥想小时候没有空调的那个年代，我们乘凉消暑应对入伏日子。

太阳一旦西下，我们便会从家里搬出两张结实的长条凳，摆放在屋子的最前方，因为再往前就是尿布河，东边临近的是毛家河，南边的则是外河。

继而，我们再折返回屋内，将竖在墙边的凉竹床搬出来（大的需要两个人一起搬）。是怎样的凉竹床呢？两边是两根粗粗的竹子，每根竹子的两头都有掏空的扁平口，分别横插进两张削平的厚实的竹子。围成的中央整齐排列着两三厘米宽、一厘米厚的竹条，光滑的一面是给人睡的，毛糙的一面是背面，也会用一条条略细一些的竹条做支撑架。

将凉竹床搁在长凳子上，人就可以睡在上面了。为了凉爽，我们事先还会在上面浇上凉水。

黑夜来临，月亮升上来，我们一个接着一个地躺在凉竹床上，那冰凉冰凉的竹面时常会让我们舒服得发出"啊啊"的声音。

这也是夏日里最畅快的时刻。

月亮慢慢地升上天空，尿布河、毛家河和外河的河面上，顿时洒满了银辉。随着晃动的水面，月影碎了一片，荡漾开去，清幽美丽。

入伏，天气越来越热，家门口已经不能消暑。我们早早地将凉竹床吭哧吭哧地搬出院子，向毛家河与外河之间的圩埂上进发，霸占一处"风水宝地"。等到月上柳梢头，我们赤着膀子，迎着河面吹来的凉风，枕着圩埂边轻微的河水冲刷声，酣然入睡……

如今，我们早已没有了凉竹床，也没有了圩埂上纳凉的场景，也看不到月入水中、水映清辉。

童年已逝，留下的是碎碎的回忆和入伏不变的热。

大暑

《月令七十二候集解》：大暑，六月中。解见小暑。

三候 腐草为萤，土润溽暑，大雨时行。

时间 每年公历 7 月 22 日、23 日或 24 日

暑热难耐，总想能够有一处清凉之所藏身，可走到哪里都是热气腾腾。要么出一身汗，要么就躲进空调房间。当然，大多数时间还是吹吹小风扇，为的是不产生依赖，毕竟"暑热年年有，不是今朝消"。有时，爱人也会说：心静自然凉。这似乎与白居易《销暑》中说的一致："何以销烦暑，端居一院中。眼前无长物，窗下有清风。热散由心静，凉生为室空。此时身自得，难更与人同。"只是，内心的那份静当真能让现实的燥热消弭吗？如果不能，那不仅仅是生理上的燥热了，更多的还应该是心理上的躁动不安。其实，话说回来，这样的热实属正常，我们无须过多地在意。

因为大暑。

大暑，是承接了小暑而至的。小暑，就是酷热的开始。按照时令的预告，大暑就是"热得正当时"。可这几日（尤其是今日）跟小暑那几日相比，暑气似乎渐渐地收敛了它的怨怒，不再将满身的烦躁散发到人间的边边角角。

天气越是炎热，好像越要将人的精力提升到一个高度：关注周遭，关注亲人，关注前行的步伐，坚持一个热乎乎的心情，让每一个被关心的人生活在"温暖"的气氛之中。

大暑，以我所见，就是要大大地付出热情。

有孩子考教师编，招多少人、考哪些内容、面试比例、复审条件，等等。从南到北、从北到南地循环往复，所有的细节都是她亲自了解、掌握，我们只是在旁边"呐喊助威"，"击鼓加油"。很多天，她都将自己关在房内，从早到晚地看书、看书，从没有喊一声累、一声苦，脸上也满满的笑容。考一场下来，她都会与我说道说道：说题型，说感受，说得失。每每此时，我们都会说继续努力。我也会从自身熟知的角度去说一些想法、看法，从而更好地帮助她了解教师这个行业特性。

皇天不负有心人。有七个地区的考试她都进入了面试这一关，这让她看到了希望。紧接着，按照我教给的方式，找来中学、小学、职业学校等各学段的教材，开始了全新的了解。按照面试的要求开始"演课"（"无生试讲"）的练习，不同题材的课文，不同文本的模拟。除此之外，她还做了"说课"的准备，以备面试时的"万一"要求。

每天晚饭后，暑热不减，客厅的地面、墙面都是热的，风贴着人的脸都是黏糊糊、热腾腾的。可我们没有受到影响，热情不减：准备、开始、计时、结束、评议。她每日都在进步，从不会板书到板书有模有样，从"眼里无生"到"心中有人"，从"不知所措"的备课到"信手拈来"的教态，一篇篇文本，一遍遍演练……

大暑之日，她再次踏上远途。如果说，小暑的日子里还在奔波、面对，大暑的日子就是收获、满载。

我不由得想到前几日散步到无想山底，走入一片僻静之地，眼前出现一池荷花。"绿树阴浓夏日长，楼台倒影入池塘。水晶帘动微风起，满架蔷薇一院香。"（唐·高骈《山亭夏日》）夕阳西下，荷塘的四周有茂密的树荫，消除暑热。满池的荷花静静地开放，不争、不挤、不怒、不怨、不艳、不娇，让人感受到一片宁静。闭上眼睛，我似乎感受到"满架蔷薇一院香"

的勃勃生机。

大暑不"热"，人心不"惹"。

大暑节气有"三候"之说：一候腐草为萤，二候土润溽暑，三候大雨时行。简单地说，就是这个节气之中，除了天气湿润，还常常下雨。说到萤火虫，想到了小时候的情形。在茂密的草丛（特别是潮湿的草丛）里能见到萤火虫，那一个个小精灵提着明晃晃的小灯笼，从东飞到西，从南窜到北，有时还会飞到院子外的大枣树旁，让人顿生爱怜之意。

在家，我们翻箱倒柜地找出几个玻璃瓶。如果有盖，就在上面钻几个小眼；如果没有盖，就会临时用一小块塑料蒙住。之后，我们三个一伙、五个一群，追着萤火虫。

萤火虫扑扇着翅膀飞来飞去，好像故意逗我们玩一样。弄不好，还因为忙着追逐它们，一不小心撞上树干，惹得大家哈哈大笑。我揉了揉疼的地方，继续追赶在半空中飞舞的萤火虫。逮到一两只，我立刻将它们放入玻璃瓶里，那一闪一闪的"尾灯"似乎要将整个区域照亮。

当萤火虫们一个接着一个落荒而逃，我们也陆续回到了家里，关掉电灯，那玻璃瓶里闪闪的光顿时照亮了堂前、屋内，我们脸上的笑容如同花儿一般灿烂。

现在的大暑，我们很少见到萤火虫的身影，是不是它们在躲避着我们儿时的捕捉？或是回归到了它们自在的萤火乐园？

无人知晓，也无人回答。

大暑的晚间，有了些许的微风，吹拂在身上有股柔柔的凉意浸入肌肤。与好朋友在一起，开心地度过大暑。

朋友言：无论我们从事何种职业，也不管我们教哪个学科，都是从山脚往山顶进发。进发的过程中，无论我们走的是哪一条道，结局都是一致的——达到山顶。你站在山顶往山下望去，看到来时路只不过是羊肠小道，满眼看去都是"大格局""大视界"，再也不在意来时的那份小小的心境。

大暑虽热，但承接的是小暑的热；大暑虽热，但却已走向了凉爽。回首过往，大暑是夏的结束，秋的开始。

中伏

（外一篇）

十天之前，到了入伏的日子，体感一直是"热热热"，坐在任何地方都是"汗汗汗"，不消一会儿不是汗流满面就是汗流浃背。

妻说，这就是夏天。

这句话也颇有哲理。你试想一下：如果夏天不热，是夏天吗？如果三伏天不"热热热"，还是三伏天吗？如此一想，你一定会全部释然了，什么季节该有什么季节的样子，不然春、夏、秋、冬存在的意义也不大了。

这样一句简单的话语表明了一个人生的规则：我们处在什么样的年龄，就该做什么样年龄的事情，如同季节一般，四季轮回时该有那时的模样，而不落下时令特征。

早晨，依旧是热浪一波接着一波，还一团跟着一团地不断翻滚，直至到我们的跟前，然后整个儿将人的身体裹挟住，稍等片刻，嬉笑着再往前。后续的那些"团团火火"会继续涌来。如若你不想被它们戏耍，那就赶紧逃离，躲进小楼纳凉去。

进入了伏天之后，天气的脸有了一些变化，不再是整日喜笑颜开、灿烂如花，转而有了一些愁容：偶尔会有一些小绵绵雨、阵雨、雷阵雨来临，将存于地表、泥土下的那些暑热浇个透心凉。每次遇到下雨时，我都会慌手慌脚地去关门关窗。刚刚还是阳光明媚、一碧千里的天空，忽然间就阴沉了脸，还没等你反应过来，"哗"的一声，倾盆大雨就下下来了。也许，就在你关紧门窗的那一刻，雨就停了，太阳又从云层里露出了笑脸，"咯咯咯"地笑个不停，不知是觉得这样的"造化弄人"带给它无尽的乐趣，还是它"自娱自乐"地享受着夏季的欢乐？

总之，我不太舒畅。

午后，天空又开始变脸了。有些灰色的云朵飘来飘去，也就是那么十几分钟的光景，那些灰色的云朵都不见了，转而黑压压的云层笼罩了整个天空。不知从哪里冒出来的风，"呼呼"地刮了起来，有"山雨欲来风满楼"的架势。

我连忙关闭了门窗，还没坐定，窗玻璃就被雨点敲打着，一阵"噼里啪啦"。我站在窗户边向外望去，风卷着雨，雨伴着风，倾盆而至，似乎要将满肚子的牢骚发泄完毕。

近处楼下的马路上，顿时挤满了欢蹦乱跳的溪水，它们聚在一起，来不及流淌到下水道，你拥着我，我挤着你，亲密地游戏。路旁的一株株玉兰花被风刮得歪着树枝，好像一不小心就会被折断。

雨，越下越大，远处的房顶上起了阵阵雨雾，那溅起的水花越聚越浓，目之所及房屋仿佛都被裹进了巨大的海浪潮水里。"黑云翻墨未遮山，白雨跳珠乱入船。卷地风来忽吹散，望湖楼下水如天。"（宋·苏轼《六月二十七日望湖楼醉书五首》）

正当我努力寻找那一幢幢房屋时，雨"嘎"一下就停了。天空出现了半边的蓝色光亮，还有半边的乌云越飘越远，不大一会儿退到了天际的尽头，但始终不肯消尽。我知道：它还在留恋刚才自己狂风暴雨的威猛。

来得快，去得也快，如同娃娃的脸，说变就变。说它可爱吧，刚才还是摧枯拉朽般不近人情；说它狂暴吧，转眼间就露出了半边湛蓝半边酱紫的云彩画卷。

也许，伏天就是如此：既狂暴又温柔，看似外表燥热，实则内心是凉意习习的谦谦君子。

但愿吧。

晚饭过后，走在长满银杏树的大道上，鼻翼还能吮吸到阵阵来自雨后泥土的气息。树叶是浓绿的，小草也是郁葱的，连那树上唱歌的小鸟的声音都是翠绿的，路边的小山丘也被青绿的草覆盖，世间显得清清凉凉。

难道是春天？或是眼睛欺骗了我？不，这只是雨后的山林，"空山新雨后，天气晚来秋"的气息扑面而来。

中伏仿佛在急吼吼地要逃离夏日的束缚，投入秋的怀抱？也许是，也许不是。不管是与不是，来到中伏也就意味着我们即将告别夏日，等候秋的到来。

雨后，晴空万里。

天气，凉爽宜人。

中伏，欢乐迎接秋的到来。

七夕

（外一篇）

七夕，七月初七，这是典型的中国人的传统节日，属于"我们的节日"。

今天，我与孩子们在西旺社区一起交流了关于七夕这个特殊的节日的故事，追根溯源了解七夕究竟是从何而来，到哪里去。

七夕，始于汉朝，也被称为"乞巧"。这里的"乞巧"是指在七月初七这天的晚上，女孩子在自家的院子里焚香拜月，祈求自己能有一双巧手，能做出精美的女工。

七夕，乞巧节，这才是节日本意。

为了能够结合七夕的乞巧，人们也有了相应的一些习俗，比如穿针乞巧、喜蛛应巧、种生求子等一系列的生活实践。

穿针乞巧，就是给缝衣针穿上细线。这样的活，我小时候也做过。如果是又细又短的针，它的针眼不但小还窄，需要有较好的眼力与手上精湛的技术，那棉线方才有机会穿过孔。假使你在穿针的时候，有三心二意或是注意力不集中的现象，手一抖，那孔与线就不在一个位置，这样"穿针乞巧"也就失败了。如果手上能端正，可眼神却总是忽闪、迷离，那也万不可能将棉线对准那小小的针孔的，乞巧也会功亏一篑的。即使你有了注意力，但手上的棉线的顶端不成形、乱七八糟，在穿针孔的时候定会受到阻碍，不能够很灵巧地穿过孔眼。

这样说来，心要细、手要正、眼要端，才能"乞"到"巧"。这似乎就是告诫我们：做任何一件事都不能三心二意，更不能草草了事，要兢兢业业、有始有终地对待。

七夕，在当今许多人的眼里，它是一个充满浪漫色彩的日子，号称是"中国的情人节"。每到这个日子，许多人都会以独有的方式相互表达爱意。七夕开始并非情人节，它从古时一路走过来，渐渐地有了变化，慢慢有了"爱意"的传递。

何时七夕的乞巧慢慢地融合了爱意呢？这还得从古人对天上的织女星与牛郎星的观察而引发的想象说起，也与古代男耕女织的生活习俗相对应。这也孕育了《牛郎织女》这个民间故事，久而久之成为中国四大民间故事（其他三个分别是《梁山伯与祝英台》《白蛇传》《孟姜女哭长城》）之一。它们有一个共同点，都是跟爱情有关，也被称为"四大民间爱情传说"。从另外一个角度来看，这四大民间故事反映了古代劳动人民对美好生活的无限向往与追求。

我们也可以从汉乐府里感受到这样的情愫：

迢迢牵牛星，皎皎河汉女。

纤纤擢素手，札札弄机杼。

终日不成章，泣涕零如雨。

河汉清且浅，相去复几许。

盈盈一水间，脉脉不得语。

当然，关于爱意、爱情的元素，或许从宋代诗人秦观的《鹊桥仙》里感悟更多：

纤云弄巧，飞星传恨，银汉迢迢暗度。金风玉露一相逢，便胜却人间无数。

柔情似水，佳期如梦，忍顾鹊桥归路。两情若是久长时，又岂在朝朝暮暮。

无论是祈求手巧，或是祝福爱情，都是当今人们对生活的一种憧憬、追求与讴歌。这样的七夕是幸福的、快乐的。

第二辑

秋季篇

立秋

《月令七十二候集解》：立秋，七月节。立字解见春。秋，揪也，物于此而揪敛也。

三候 凉风至，白露降，寒蝉鸣。

时间 每年公历 8 月 7 日、8 日或 9 日

秋，我们看来一定是萧瑟一片：地上的草不再是绿色的，开始枯黄或是枯萎；路边的树木也一定是树叶凋零或是三三两两接连不断地落满地面，直至剩下光秃秃的枝丫直刺天空；池塘里的水草不知何时也不见了，池水摸上去也有了许多的凉意，渐有冰冷的手感；风儿也时不时地刮起来，吹在人的脸上、身上，感受到阵阵的寒意……

如果要用成语来形容，或许你能说出一大串：秋风落叶、秋风习习、金风送爽、雁过留声、秋色宜人、天朗气清、秋风萧瑟、秋雨绵绵……如此等等。

立秋的"立"是"开始"的意思，也就是秋天开始了，这也是秋季的第一个节气。可，看到"秋"字就能说秋天真正到来了吗？

不见得！

您看，每日的清晨依旧是早早地来到，五点多太阳就露头了，它的笑脸依旧灿烂，散发着无尽、无限的热量，惹得天地间到处都是光亮亮的，似乎那一阵阵的暑热还停滞在地面，盘旋在你我头顶，挥之不去、消之不散。

这几日晴空万里，白白的云儿一朵又一朵地徜徉在湛蓝湛蓝的天空，像棉花糖一样，似伸手即可得，但又触之不及；又像大海里一艘艘白色的帆船在无边的海面闲庭信步，悠然自得。

天，蔚蓝蔚蓝。

云，洁白洁白。

周身，依旧是热浪习习，这与印象中的凉风习习的秋反差太大。

秋来临之时，晨起能见到那路旁花花草草间的白露，那是半夜的秋寒凝聚、汇聚在上面，告知你我"秋已到，寒意临"。不消半日工夫，它们跑得无影无踪，反倒是一股又一股的热气流不间断地在花花草草间流窜。你不见路边的树叶常常都是无精打采耷拉着脑袋，即使是风儿吹过，也掀不起它们已经饥渴的身形，仿佛也得了热射病一般。

除此之外，树枝丛里的蝉儿仍旧整日里"热呀热呀"地狂叫，好像只有如此才能宣泄掉内心的那份浮躁、热燥与不安。

这与"一候凉风至、二候白露生、三候寒蝉鸣"的现象完全不在一个认知上。这也印证了老百姓的话语：立秋并不代表酷热难耐的天气结束，而是"大暑小暑不算暑，立秋处暑正当暑"。

本地有立秋啃秋瓜的习俗。啃瓜原因何在？有人说，在入秋的这一天（立秋）吃西瓜，防止秋燥；有人说，秋来了，希望凉爽早日来临，有一个好的心情。

看到秋，我不知大多数人是何种想法，我只是单纯地想到了那个铺满黄色的田野：黄色的稻穗沉甸甸，诉说着丰收的喜悦；黄色的小草遍布山间，预示着即将迎来冬季；黄色的落叶随风飘舞，倾诉着一个又一个它们看到的故事……

秋，除了上述之外，似乎还给我们带来另外的一番诠释。这也让我想到了曾经学习过的《山行》和《枫桥夜泊》两首古诗。这两首古诗都是唐代诗人的作品，作者分别是杜牧和张继，两首诗都是写秋景，都是流传千古的名篇。

师：解诗题，《山行》的意思是什么呢？

生：在山上行走。

师：诗人在山上行走……这话好像没有完全说清题目的意思。

生：在山上行走看风景。

师：诗人在山中行走看到了哪些景色呢？读读古诗，圈画出来。

我范读，学生又自读，圈画，回答时，找到了寒山、石径、白云、人家、枫林、霜叶。针对这些景物，我又与学生对照诗句一个个地理解它们在诗句中的真正状况。重点是"寒山""枫林""霜叶"是相互有关联的。

师：山就是山了，为什么说是"寒山"呢？能不能说是寒冷的山？

生：不是这个意思。"寒山"是说秋天来了，天气凉了，山上有些冷。

师：那你怎么知道这时是秋天呢？

生：有枫林。

师：有枫林不一定就是秋天吧？春天也可以有枫林呀！夏天也可以有呀！

生："霜叶红于二月花"，被霜打过的叶子红了，说明是秋天。

生："霜叶"就是说天都下霜了，秋天才有霜。

师：嗯。被霜打过的枫叶，比春天的鲜花还要红。红色的枫叶只有秋天才有。这证明了现在是秋天。

师：《枫桥夜泊》中的"泊"是什么意思呢？

生：停船靠岸。

师：这个词好呀！我本来想说"停留"的，现在就用你的这个词。我告诉大家"枫桥"是一个地名，就在今天的苏州。连起来看看，题目是什么意思呢？

生：在枫桥边停船。

生：夜晚停船靠在枫桥边看到的。

师：是不是就是看到的呢？再快速地读读诗句。

生：还有听到的、想到的。

师：嗯。夜晚停船在枫桥边所见所闻所想。再仔细地去读读诗句，作者都看到了什么？听到了什么？想到了什么？

学生经过近五分钟的阅读、圈圈画画，回答出了所见：月落、霜满天、江枫、渔火、古寺、客船；所听：乌啼、钟声；所想：愁。

师："愁"指的是什么？

生：忧愁。

师："对"在这里怎么理解呢？在这里是相伴、

伴随的意思。谁与谁相伴呢？

生：江枫、渔火和忧愁相伴，使诗人不能入睡。

师：诗人听到了钟声，他想：那是从寒山寺传来的吧！所以，我认为这里是诗人的——

生：所想。

师：这是一个什么样的季节？找出理由。

生：秋天，因为有江枫，还"霜满天"。

师：是呀！这里也有"霜"，上一首古诗也有"霜"——

生：霜叶红于二月花。

师：都是在秋天，两位诗人的心情一样吗？

生：不一样。

生：一个是高兴，一个是忧愁。

师：高兴的心情是——

生：停车坐爱枫林晚。这里的"爱"就是喜欢、高兴的意思。

师：忧愁的心情是——

生：江枫渔火对愁眠。这里有一个"愁"。

由景生情，不是古人的专利，也是天下人都有的情愫。这样的情，那样的景，都是"由心生"。"既来之，则安之。"做事如此，生活何尝不是如此。

同样乘坐在开往秋天的列车上，为何有如此之多的心情？为何有如此之多的景致？

心态。良好的心态意味着一种福气，郁闷的心态意味着忧愁寡欢。坐在开往秋天的列车上，过多地在意自身的心结，车窗外的五彩风景必然没有欣赏到。不要让短暂的郁闷引发长期的不快，何不抬头看看身边无限的风景呢？

"秋，禾谷熟也。"

这天，立秋。

末伏

（外一篇）

周一，末伏。

"末"的解释一般为最终、末尾、终了。那么，末伏就是伏的终了了，也就是热浪滚滚的日子到头了。字面上意思是如此，时节的显示上也是如此标记，事实上真的如此吗？

气象台显示从今日开始连续一周的天气情况如下：

周一，天气阴，气温 30~39℃。

周二，天气阴，气温 26~36℃。

周三，天气晴，气温 26~32℃。

周四，天气阴，气温 30~37℃。

周五，天气阴，气温 32~39℃。

周六，天气小雨，气温 29~40℃。

周日，天气多云，气温 30~40℃。

从上述的预报可以得出结论：热，还迟迟不愿意离开；热，一时半会还不会消散。屋外炎热得不敢探头出门，屋内坐定仍旧是汗流浃背。

"伏"的离去还需要时日。

这样看来，末伏仅仅是节气上的一种趋势，并不能代表今日就是断了热的念想，或是迎来了秋天的凉爽，"伏"还需与我等依存一段日子。

末伏的热仍然是入伏、中伏那样的热，有过之而无不及，"只有更强没有最强"。早晨起床后，太阳早早地在屋外静候了：它不声不响地将热情洒满大地的每一个角落，将温度辐射到每一寸土地，热烈地拥抱着大街小巷来来往往的芸芸众生。

大伙脚步匆匆、避之不及。我也是其中之一。

骑着电瓶车去超市买菜，头盔内的热气使得脸颊颗颗汗珠不由得滑落，迎面扑来的风也是裹挟着阵阵热气。及至到了超市门口，匆忙脱去头盔，冲进了超市的大门，一股冷气扑面而来，顿时浑身一颤，神清气爽，步履也迈得轻松自然。

我想：每一个进到超市的人都不愿掀开大门的门帘出来，只想在里面多待上一刻，哪怕是几分，甚至几秒也好。

买了菜、买了料酒、买了西瓜，还买了包装的饺子，两大袋的物品，又是一番急匆匆的操作：疾步拧开电瓶车的锁，麻利地戴上头盔，整好防晒衣……"呜"的一声，电瓶车迅疾地向家里奔去。

到了家里，又是一身汗，防晒衣被汗水浸湿贴在身上，头顶被捂出了一层细密密的汗水。"赶紧的！赶紧的！"心里默念着脱去外套，放好买回的菜，电风扇拧到最大档，"呼哧呼哧"地扇了起来。

此时，我才发觉父亲不在家。他去了哪里？想起来了，我出门前，他告诉我他要去邮局取工资。

休息片刻，我开始做午饭。

"丁零零——"是姐打来的电话，询问父亲回来了没。哦，她知晓父亲去邮局取钱的事情，因为天气炎热，担心这个九十多岁的老人家会被太阳晒得中暑。

我边忙碌烧菜边留心大门。时间一分一秒地过去，也就是半个钟头的光景，父亲回来了，他看上去精神状态还可以，放下手里的东西，一股脑地钻进了他的房间。

看来，他也是热得吃不消了吧？

我切了半个西瓜送进房间，屋内的空调、电风扇齐刷刷地开足了马力，一团团的凉气在屋内流动。

父亲悠闲地坐在躺椅上看着今日的报纸。看来，末伏的热浪没有影响到他的心情。

华灯初上时，我顺着中山路来到了弯子口，路边的小吃摊、小饭店、小酒馆……高朋满座。虽有微风徐徐吹过，但地表温度也有四十多度，而食客们在屋内吹着冷气、喝着热酒，满面红光、推杯换盏，那份热情也与地面的温度相差无几。

脚步不疾不徐，沿着珍珠路一路北上，少顷便到了珍珠桥。偶遇同事，她带着孩子准备去打篮球。

"好呀！体育锻炼，健身强体。"我不由得赞叹。

"出出汗，长长个子。"同事笑着说。

是呀！越是如此的炎热天气，我们越是要活动活动，让全身的每一个毛孔都能"滋滋滋"地冒一点汗，让身体得以新陈代谢，保持年轻状态。

目送他们离开，我站在珍珠桥上，望着西边灿烂的天空：白天难得一见的云朵慢慢地爬了出来，露着笑脸张望着一张张被汗浸润的脸庞。忽然间，它自己的全身被一团火罩住了，立刻成了红色。也就是那么几秒钟的时间，它的周身又变成了一半儿酱紫一半儿火红。还没有等你眨眼，它慵懒地翻了一个身，红彤彤如同棉花糖般的身子越来越膨胀，"啪"的一下不见了。你揉揉眼的工夫，西边剩下的一点点的黑红黑红逐渐被黑色包裹，呈现出黑漆漆的一团。

通济街上人来来往往，财贸新村口人群熙熙攘攘，南北货码头店内清凉宜人，海乐城霓虹灯五彩闪烁，中大街路上的汽车疾来疾往，一家家店铺灯火辉煌，每一个路过的人的脸上都露着笑意，说着你侬我侬的话语。

今日，末伏。

暑已过，秋已至。

《月令七十二候集解》：处暑，七月中。处，止也，暑气至此而止矣。

三候 鹰乃祭鸟，天地始肃，禾乃登。

时间 每年公历 8 月 22 日、23 日或 24 日

许多人都跟我一样，被灼热的阳光照射得不想出门。实在不行，那就全副武装，除了两只圆溜溜的眼珠子，其余部位能遮掩的就尽量遮掩，不给太过热烈的太阳以亲吻的机会。每一次的外出，滚烫滚烫的地面蒸腾起的热浪扑面而来，内心都是一阵呐喊："太热了！吃不消了！暑热赶紧消散吧！"

可一连几个星期以来，热都没有离开的意思，而且趋于愈来愈烈的架势。

今日，处暑。

"处"就是"止"的意思。什么止了？就是热止步了，也就是暑气（热浪滚滚）溃退和止步了。

真的吗？不一定，但可以肯定的是快了。这是自然法则，不可更改的规律，无论热浪它愿不愿意，离开的日子即将到来，它的舞台也即将谢幕。

因为，此时的气候已经是秋了。

今日，我早早地起来了。推开窗户，欢腾涌入屋内的仍旧是那熟悉的泥土的热气息。

时间没过一会儿，明朗的天空渐渐地灰沉了下来，仿佛要下雨。

再待了一会儿，丝丝的太阳光想穿透灰色的云层重新照射到地面，可用尽全身的力气也不管用，灰云层层叠叠、严严实实地将太阳阻挡在外。

看着云层和太阳的较劲模样，我不禁笑了起来，嘴里暗自念叨："处暑处暑，处理事情。"

对呀，今天我要去归还以前所借阅中职学校老师的教材。

于是，我穿好防晒衣（这时没有了强烈的太阳光的照射，完全是习惯使然），背上装书的布袋，拿上钥匙，骑上电动车，"忽"地一下向北边行进。

一路上，吹来的风是热的，路边栾树的黄花落满了一地，似乎是在传递着秋的讯息。过了一个又一个红绿灯口，终于到了中职学校的大门，将书籍放置在门卫处，再一次骑上电动车，快速地南下南下：因为天空不再是灰色的云层，转为了一层又一层的乌云。

真的要下雨了，赶紧回家收拾晒的垫被。

回到家，收拾好垫被之后，我从北窗望向北边的天空，乌云压了过来，只不过速度很慢，不仔细看，完全看不出。我又转到南窗，望向天空，还有一丝丝的蓝色亮光穿过云层，那是太阳光线努力想再一次穿透云层的用力。

就这样，我走向北窗又走向南窗，看了许多遍的天空，不知该如何判断是否下雨。"算了，还是回到书房，处理文字吧。"我关上门，打开空调，享受着惬意的时刻。

处暑，躁动的暑气已经悄然退去，金灿灿的秋意前脚已经踏进心坎。既然如此，那我就描绘一幅向日葵正盛的场景，送给处暑做一份礼物吧。

记得不是很久的以前，康长胖了，体重增加了，个子也长高了，是一个大小伙子了。有一天，他忽然说要减肥，我们很是纳闷，为何？经过交流，原来是同学说他是一个胖子。可能，胖子是不美的代表吧。所以，他就给自己规定了饮食、运动量，还制订了减肥计划，一本正经地执行起来。功夫不负有心人，他的身材发生了变化，体重也减了下来，他的笑容也多了。

看得出，他对自己的减肥行动很是满意。

班级中，孩子们个子有高有矮，身材有胖有瘦，每个人都有自己的特征。不知从什么时候开始，"爱美之心"从头开始了：

> 嘉莉是班里的一位女生，一位爱好打扮的女生。她给我们的印象是一天一套衣服，特别是她的头发一天一个发型。今天，她又给大家带来了一个让人惊讶的发型：多彩的头。我来到她的座位前，只见嘉莉的头发上夹了各种颜色、各式各样的发夹，使得头发成了一个多彩的"世界"，难怪同学们要议论。我没有对嘉莉的行为进行任何的评价。

班里孩子不单单是在意打扮，还在意长相，谈论美丑。于是，有些女生就注重了外在的装扮，也有胖一点的女生极力地追求以瘦为美，坚持走在减肥之路上。这样的要求无可厚非，也是人在成长过程中对"我"的一种再认识。但是，人的精力如果总是纠结在这些外在美，势必会走向另一个极端，丢失了学生的身份。

我针对这个问题做了许多年的观察（无论是男生还是女生都有人减肥），通过一些活动让孩子们感知外在美与内在美的区别，从而更好地对待胖瘦与美丑。这样一个接着一个同一主题的故事，我将它们串联起来。

夏槐因为从小身体素质的原因，妈妈总是让他带零食到学校，不知不觉中，夏槐成了"零食控"，这就形成最初的《零食控》的小故事。后来，我又继续对故事进行丰富，讲述夏槐为了加强营养适得其反的结果——他的体重猛涨，最后生了减肥的念头，于是有了《减肥惹的"祸"》。

编辑朋友王老师阅读之后，给我提出了三点意见：整部作品如果以女生为主角来叙述，讲述她们的校园和家庭生活，会更具有群体代表性；主人公要有鲜明的特征，不要与自己曾见过的主人公相互间有关联，因为这是独立的一个故事；情节上还应更丰满，让故事的跌宕起伏更明显。

基于以上的考虑，在处暑这个特殊的日子，我处理了《减肥惹的"祸"》，穿插了"一株向日葵"作为女生黄小米的精神寄托以及向上的追求标杆，最终成就了《一株向日葵》（蒋岭著，中国少年儿童出版社出版）的全新演绎：

　　黄小米自小身体较为瘦弱，爱女心切的爸妈一直给她加强营养。久而久之，黄小米的身材有了些许肥胖，她很困惑，甚至对"吃"产生了抵触，还制订了减肥计划。小伙伴们觉得黄小米肥胖，还鼓励、帮助她重拾自信：与她一起跳绳减肥，一起爬楼减肥……每当遇到挫折时，她看到学校院墙边、无想山间盛开的向日葵总能散发出金灿灿的笑容，内心也时常涌动出"夫战，勇气也"的进取动力：做一株迎着阳光向上生长的向日葵。

屋外，灯火辉煌，夜也比前几日来得早了。透过远处那一闪一闪的亮光，我看到了黑压压的乌云。猛然间，一阵风从北窗灌了进来，有一些凉意。

不要忘了，今日处暑。

秋，来了。

白露

《月令七十二候集解》：白露，八月节。秋属金，金色白，阴气渐重，露凝而白也。

三候 鸿雁来，玄鸟归，群鸟养羞。

时间 每年公历9月7日、8日或9日

早起，白露悄无声息地来到了身边。

白露，从字面就能感受到一丝丝的凉意：气温开始下降，空气里开始有了小水珠滴落到草尖上，在那个无人喧闹、静谧的深夜凝成了薄薄的、白白的露痕。

"冷呀！"第一只早起的鸟儿浑身打了一个颤。

"真的吗？我怎么感觉还是有些闷热呢？"另一只打着哈欠的鸟儿笑盈盈。

白露，"寒"的代名词？可能吧！不过，这是秋的第三个节气了，也意味着秋早已"深入人间"。

倏地一下，白露不见了。回望东方，旭日露出了小半边脸。过了一会儿，太阳完全跳出了云层，升在东方，那光亮满满当当地洒向四面八方。

暖意再一次地在天地间回旋。

这哪里是白露？分明是一次小暑的回流，此时的温度是33℃。

吃罢午饭，我在校园内闲逛，小伙伴们利用短暂的空闲时间各自玩耍。太阳发出夺目的亮光，照得人浑身不自在，毫无白露节气的那份秋意习习，反倒有一种烈日炎炎的回归。

为了躲避这份炎热，我再次来到了梓树底下。它笑嘻嘻地袒露着自己的胸怀，俯瞰着来来往往的小人儿：有的在树荫底下的木凳上，你一言我一语地说着闲话；有的围着梓树，你跑我追，嬉闹着玩"木头人"游戏；有的干脆躲藏在梓树底下的小黄杨丛里，不停地学叫着"布谷布谷"……

梓树的年岁已经很老很老了，我来时它就在；往前再推十几年，听说它也在。某日，一位即将退休的男人站在梓树底下，抬头凝望了片刻。

"你认识它？"我好奇地问。

"何止是认识！我对它太熟悉不过了。"

我没有追问，只是静静地等待下文。果不其然，他用手重重地在空中画了一个圈，说："原本围绕这个梓树有一个小庭院，梓树就是在这个庭院里。我当初工作的时候就是住在这个庭院里面，这棵梓树一直陪伴我们。"

"它老了！"男人走上前，轻轻地拍了拍长满裂痕的梓树干，那一片片不规则的梓树皮饱经风霜。

是的，任何人、任何物都抵挡不住岁月的年轮，梓树亦然如此。

"啪"，一声轻响，梓树长长的荚果掉落了下来，那开始枯萎的荚果皮呈现出了黑黑的色彩，而里面的荚果滑落了出来，也是黑黑的，一粒一粒。

我拾起荚果皮，把玩起来：它没啥特别之处，只是一年又一年地开花、结果。虽然此刻枯萎，掉落在地，但它是满心欢喜的，因为它知道：明年的此时将有更多的荚果长成，梓树又历经了一次翠绿、浓绿、茂盛、枯黄的过程，这就是生命的轮回，也是一次次坚忍的成长过程。有了自己的豆荚的离去，定有明日春暖花开时满树的蓬勃生机。

白露，验证了梓树的花开花落，见证了梓树的"桑梓"校园情。也许，这份校园情如同梓树那念念不忘的故人。

白露，也是一个思念的季节，忘不了的是故乡、故人及友人的桑梓情结。

　　小康，从本科走到研究生，靠的是持之以恒、目标坚定，将不可能变成了可能，这令许多人都为之竖起了大拇指。到了一个全新的平台，看到了许多，也听到了许多，更是感受到了许多。小康思考问题的逻辑性、判断力日趋渐长，更多的是一个长远的规划与领悟。这其中是否正确，是否欠缺考量，是否与实际有误差，所有的一切都需交给时间去评判。

　　　　蒹葭苍苍，白露为霜。所谓伊人，在水一方。溯
　　洄从之，道阻且长。（《诗经·国风·秦风·蒹葭》）

　　白露这个节气，小康是我最为思念的。目前的处境、未来走向也是我想的最多的。也许，时值白露就是对我们的一种考验：是否能从炎炎夏日转到习习秋风？是否能从酷热转到凉爽？是否能适应现实的转变与异同？这，不单单是对我，更是对两位孩子。

　　"露从今夜白，月是故乡明。"（唐·杜甫《月夜忆舍弟》）天底下共有一轮明月，也共有一季秋风。

中秋

（外一篇）

日子总有许多的巧遇，也总是有许多的惊喜，假如中秋节遇到了教师节，该是怎样的一种气氛呢？

中秋节，是团圆、欢聚的节日，是老百姓极为重视的一个节日，人人都忙着回家团圆。在外地工作的晚辈基本上都会回到故乡，与老人一起过这个节。

今年，少了一份热闹，多了一份冷清。母亲去年年底去世，照顾父亲的事就落到我们三兄弟（老二因为诸多原因，请姐姐代替）身上。我们采取"轮流值周"的模式，日子一天又一天，成为常态，也几乎忽略了节假日。

本周是我值周，正好赶上这个双节。好在今天是周六，所以不是那么手忙脚乱，我依旧有条不紊地做着一天的照料事宜。昨晚，妻跟我提及中秋去娘家，我答应了，也是必须的。

我起得不是很早，七点多一点。洗漱完毕之后，我去了超市，买回了一天的菜及早餐。一切准备就绪之后，我开始烧菜：木耳炖鸡脯肉、青菜豆腐蘑菇汤、豆腐炒小白菜。

时针指向十一点的时候，我烧好了菜，煮好了饭，招呼父亲坐下来吃饭。每次烧菜时，我都不会品尝，等到开吃时才知晓咸淡滋味。每个菜我都小尝了一下，觉得味道还不错，快速扒了两口饭。父亲也吃完了，我跟他说，出门有事。其实，我是骑电瓶车去秋湖嘉苑，给丈人、丈母娘瞻节。

头顶着暖暖的秋日，身披着习习的秋风，一路向南，不一会儿来到了幸福佳苑小区，继而转向东，片刻就到了无想水镇，顺着那一条长长的柏油路向东、向东、再向东。到一个十字路口有了红灯，我右转，走向一条没有走过的道路，但远远地可以看到东南方向的秋湖嘉苑。

走到道路尽头的十字路口，看到了涌泉路的路标，继而又转向东。也许是刚修好不久，也许是这条路还没有正式通车，路上的行人、车辆很少很少。长约一公里的路程，我只看到一辆停在路边的外地车牌的小轿车，遇到一个与我一样骑电瓶车的，其他啥也没有遇到，清净、清爽，少了喧嚣，多了寂静。

转到了246国道上，继续向南行进五分钟，我就进入了秋湖嘉苑，来到了熟悉的楼宇，踏进了熟悉的电梯。随着"叮咚"一声，楼层到达。

此时，屋内较为热闹，除了丈人、丈母娘之外，妻也在热乎地帮着忙碌，沙发上坐着小舅子与他的女儿，两人似乎在商量着什么。不大一会儿，妻的弟媳也来了。大家围坐在一起，喝着牛奶，吃着可口的菜，叙说着近日的趣事，畅想着孩子们未来的发展，其乐融融。

吃罢午餐，小舅子一家要去做核酸检测，因为明日他们要开车送孩子去盐城上学，要提前做好必要的准备。我们几个仍旧张家长李家短地唠唠叨叨，这也是团聚时最为重要的分享，也是妻最愉快、畅怀的时光。

难得来一趟，我让妻吃了晚饭再回家，我赶回父亲处烧晚饭。

我再一次骑上电瓶车，回到了父亲处。一路上，手机"叮叮咚咚"地响个不停，是朋友互发的双节的问候，这也是中秋节时"朋友团聚"的一种方式吧：虽不常联系，但心中始终惦记，相互牵挂。

今日早晨，X与我通了电话，她询问如何处理班级孩子的突发事情。教师，这份职业不单单是教书，还有育人，而育人更多的是要无私付出。自从当了教师之后，你所教授班级的大大小小的事情都要操心，都要解决。

我也跟X说：遇到事，不着急、不焦虑，想办法去解决；无解，寻求学校同事、领导的帮助。教书育人需要一个适应的时间，谁都不可能一蹴而就，也不可能万全万能，更达不到所有的事情都"打包票"。我们都是在边学习边实践中逐步感悟到教育教学的真谛，逐步地了解到教育教学的智慧。

晚饭后，我走出小区，来到邻近的永安门景区（据说是溧水古时县衙所在地，目前是人为的再造景观），顺着寺桥沿河道向大西门街走去，到了状元坊公园。一踏进公园的大门，耳边传来了阵阵的嘈杂声。我循声找去，原来是大树上的那些鸟儿呼朋引伴、耳磨私语的声响。

难道鸟儿们也知晓今日是中秋？它们从遥远的外地赶回来欢聚，老朋友相见说不完的话道不完的情？不解。顺着绿道，我在公园内走了一圈，耳畔传来的就是那杂乱的"你说你的，我说我的"的欢腾声。说热闹，有些吵闹；说欢声笑语，似乎太过嘈杂纷乱。总之，我没能听清一句，也没有听懂一句。当我的脚步踏出公园时，那一声声的呼唤声顷刻间消失殆尽。

奇了。也许"月明星稀，乌鹊南飞。绕树三匝，何枝可依"？

中秋节遇到教师节，你是否与我一样看到了明月呢？是否与我一样"明月寄相思"呢？

秋分

《月令七十二候集解》：秋分，八月中。解见春分。

三候 雷始收声，蛰虫坯户，水始涸。

时间 每年公历 9 月 22 日、23 日或 24 日

秋，真真切切地来了。

早晨起床，穿好衬衣，走出屋子，凉意立刻袭来。道路边的那株石榴树已经结出累累果实，缀得树枝有些下垂，仿佛发出"快来摘我"的喊叫声。走进窄窄的楼与楼之间的小通道，墙上原本浓绿浓绿的爬山虎迎着朝阳发出金灿灿的光辉，它也渐入"秋岁"了。

太阳已冉冉升起，发出夺目的亮光。我骑着电瓶车出小区大门，阳光直直地射在头顶，将全部的色彩洒满我的全身。一下子，我成了金黄色。

早晨的校园，静谧、安详。三棵梧桐依然挺拔，满枝头绿茸茸的树叶遮蔽着蔚蓝的天空，小鸟在茂密的树叶间跳来跳去，叽叽喳喳叙述着昨夜做的梦，说不完、道不尽那惊险的历程。不一会儿，它一个跳跃，斜着身子飞到低矮的移动书屋的房顶，"笃笃笃"地敲击着屋顶，提醒还在酣睡的一排排图书："新的一天来了，开工了，小伙伴要来看书了！"

那棵老梓树，满脸皱纹，乐呵呵地看着楼宇上的小鸟、脚底下的睡莲和草丛间的"绿绿的小羊"。那根"九曲十八弯"的枝丫上站立着刚才的那只小鸟，张着大嘴，迎着金色的阳光，欢快地吟诵，表达满心的愉快：

　　秦淮源头，胭脂河畔，绿草茵茵，百花吐艳，
这是我们美丽的校园，这是我们可爱的校园……

曾去崇文路校区参观了蚕艺坊，可用"耳目全一新"来

形容：不单单是一个蚕艺的陈列、展示，还涉及艺术、美学、手工制作、传统文化、课程融合（居然还有故事绘本的创作），等等，令我大开眼界。

走在蚕艺坊里，你能了解到许多不曾见识到的桑文化，乃至与之相关联的其他的文化，数不胜数，比如蚕丝文化、农耕文化、绢织文化、养殖文化……我自己如同刘姥姥进了大观园，不知如何表达满心的惊异、欢喜、敬意与羡慕，这需要多少思考策划、日夜操劳与缜密劳作，方能得到如此的一个空间。不过，蚕艺坊有实力相配，它曾获得国展，这是我不敢想象的一种荣耀。桑蚕文化我未涉及太多，也不了解多少，印象中小时候到外河的圩埂上去采桑叶，回来喂养蚕宝宝（那时就是一个玩耍的游戏）。更多的还有等到桑葚满枝头时，我们一股脑地将那矮矮的桑树上的果实一采而空，吃得满嘴都是绛紫绛紫的：知道的人知道我们是吃了桑葚，不知道的还以为我们偷吃东西挨了揍。

既然谈到了桑植，那让我们再次回到梓树。

细心的你不知有没有发现：学校有"桑"，有"梓"。

"桑梓之情"，这分明暗示是"故乡之地"。学校难道不是每一位学子的故土吗？无论你走多远，她一直在这里等候，为你祝福。她也是每一位在此工作的勤勉的师长们的故乡。她一直在这里陪伴你，呵护你。曾经看到跟"梓"有关的一段话，一直记在我的随身记录本上，分享于此，作为共同的"桑梓"记忆：

"古来以为木莫良于梓"，讲述的是育人。

"书以'梓材'名篇"，讲述的是教书。

"礼以'梓人'名匠"，讲述的是德仁。

"宅旁喜植桑与梓，以为养生送死之具"，讲述的是奉献。

"故迄今又以桑梓名故乡也"，讲述的是"忠诚"。

这就是梓树的品格，也是桑梓之地的忠告。我们有"桑"有"梓"，得之所幸：拥有了故乡的思念，故土的牵挂。

我相信：这也是高平书院所给予我们的"新宇立规，敦延名宿，朔望考校……今高平书院又适邻泽宫，世御谪乆于侍郎，无能为役，然欲垂永久之志则一也。前规可鉴，来哲嬗兴……"（清·凌世御《高平书院记》）

天，一碧如洗，如同一汪池水。偶尔有洁白的云朵从这汪池水上飘过，如同一叶扁舟。片刻，这艘船儿消逝得无影无踪，似乎它从没有来过这里。

《月令七十二候集解》：寒露，九月节。露气寒
冷，将凝结也。

三候 鸿雁来宾，雀入大水为蛤，菊有黄华。

时间 每年公历 10 月 7 日、8 日或 9 日

上师范的时候，自己特别喜欢阅读一些诗歌（现代诗歌、古代诗词等）。不记得自己喜欢的原因了，只是记得当初也模仿着写了不少诗歌。还记得自己吟诵过宋代词人柳永的《雨霖铃·送别》："寒蝉凄切对长亭晚，骤雨初歇……多情自古伤离别，更那堪、冷落清秋节……"这样的词句单从字面上来看的话，凸显的就是离别。在离别的时候又是风又是雨，而且是萧瑟冷落的秋风秋雨，人的内心一片凄凉。

这样的句子留给我的就是那寒潮来临之时的瑟瑟之冷，寒露节气给我带来同样的感受。

昨日傍晚，风雨交加。雨，是丝丝绵绵、断断续续的，落在人的头上、身上似乎没有什么感觉，可不消一会儿就是湿漉漉的一片。风，不是那么猛烈，但它总想往人的怀里钻，猛地一窜到胸膛，不由得浑身一个激灵，冷呀！

这样的雨，这样的风，一夜未停，时不时还轻轻地敲打着窗玻璃，告诉你它的存在。晨起，窗玻璃上有颗颗水珠，晶莹剔透，周身带着光亮，顽皮地在窗玻璃上滑动，唱着欢乐的歌。转眼间，它滚动到窗子的凹槽的卡口处，化成了一汪汪不成形的流水。

屋内的气温有些微冷。"噼里啪啦"的声响传入耳朵。我站在楼道里，看着屋外还在下着的秋雨，不由得寒意而起。穿好雨衣，骑上电动车，行驶在马上路，来来往往早行的人不少。出了小区的北门，向西转过一个弯道，就是那条两旁栽满栾树的新龙大道。寒冷的季节，"龙"已蜗居在巢穴，那星星点点的栾树花铺满了地面。

栾树的生长力很是旺盛，无论哪个季节从树底下走过，我总能瞧见满树密密麻麻蓬勃的叶儿，此时也不例外，不过多了许多的颜色。

春时，它枝头嫩嫩的，一片片翠绿色，给人以生的气息，让人不禁顿生爱怜之心。

夏时，它枝头翠色欲滴，一簇簇、一丛丛，挨挨挤挤，似乎能时时听到叶片儿之间"叽叽喳喳"的吵闹声，让人不禁喷涌出欢腾之气。

秋时，一片又一片的树叶凋落，一瓣又一瓣金黄的栾树花随风飘落，满眼的热闹场面。

偶尔，有那么一滴两滴豆大的雨珠从树叶上滑落下来，正巧到了我的雨衣上，随即又滚落得不知所终。

等红绿灯时，我仰望着身边的那棵栾树，树干笔直，树皮却爬满皱纹。挂满枝头的树叶早已没有了春夏时的那份欢腾，随风飘荡，一个转身，成了黄色；再一个转身，成了枯黄；又一个华丽的抖动，成了"半江瑟瑟半江红"……忽然间，我似乎听到了树叶"叽叽喳喳"的话语："我是快乐的栾树叶，不怕天气热，也不怕天气冷；我是幸福的栾树叶，不管刮风下雨，也不管降温干燥……我是一群快乐的变色叶，今天是红色，明日是黄色；上午是金黄，下午是橘黄……啦啦啦，啦啦啦，啦啦啦，我们快乐又幸福……"

"嘀——"身后响起了催促过马路的喇叭声。我笑了，昂首"啵"的一下，向五彩斑斓的栾树叶做了告别，继续往前行驶。

到了学校，雨停了。天气好转，一缕缕阳光从云层里探出头来。梓树上的鸟儿欢乐地唱着动听的校歌："秦淮源头，胭脂河畔，绿草茵茵，百花吐艳，这是我们美丽的校园，这是我们可爱的校园。学习的乐园，知识的摇篮……"

进入校门的每一位孩子的脸上都挂着笑容，校园内的花草树木经过一夜雨水的冲刷，愈发显得清爽、洁净。我在每一幢楼的楼层间巡视，感受着来自每一个班、每一位师生朝气蓬勃的气息，丝毫看不出寒露带给大家的寒意。

时间就这样井然有序地、一分一秒地度过，学校生活也就这样有序地呈现。时间一晃来到了下午，天空出现了许多的阴云，温度也有了明显的降低。没几分钟，毛毛细雨东一处、西一处地飘落下来。我站在三号楼西道口，忽然间发觉顺着二号楼的拐角处出现一道清晰的界线：西面的地面湿漉漉的，落满了雨点，东面的地面却依旧干爽爽的一片，真是"东边日出西边雨，道是无晴却有晴"啊！

我们祈求在学生放学之前不要有雨。可，天公并不作美，它并没随我们的心愿：紧接着就下起了绵绵的细雨，不一会儿雨丝变成了雨珠，继而地面上溅起了朵朵的雨花。

站在走廊上，我看着满地的水花，内心涌起了阵阵的寒意。

铃声响起，雨点也好像有了一点怜悯之心，微微地收敛了一些。"快些！趁现在的雨还不大，脚步大些，赶紧向外走！"我站在西侧的放学点，招呼着学生们一个班接着一个班地走向校门口。

等到最后一个班走出校门，家长都已接到了自家的孩子。

我站在雨棚下，看着远去的朵朵五彩的伞花，长长地吁了一口气。此时，我的耳畔再次响起"噼里啪啦"的雨点敲击声，继而看到雨线从雨棚檐口一条条地往下垂落。一阵北风吹来，脸颊扑上一团雨雾，身子不由得颤抖了一下，冰凉凉的。

天色暗了，雨反而越来越大，四周院墙的小照明灯接二连三地眨起了眼睛。我再次穿上雨衣，路灯一路相伴，耳畔响起宋代词人柳永的《玉蝴蝶·望处雨收云断》：

> 望处雨收云断，凭阑悄悄，目送秋光。晚景萧疏，堪动宋玉悲凉。水风轻、蘋花渐老，月露冷、梧叶飘黄。遣情伤，故人何在？烟水茫茫……

霜降

《月令七十二候集解》：霜降，九月中。气肃而凝，露结为霜矣。

三候 豺乃祭兽，草木黄落，蛰虫咸俯。

时间 每年公历 10 月 23 日或 24 日

清晨，我伸了伸懒腰，打了一个大大的呵欠，转身又裹了裹被子，继续窝在被子里眯了一会儿。

指针到了七点半，不起床说不过去了。穿衣服的时候，身子不由得微微颤了一下，因为那一股寒意。

边刷牙边看了看日历，今日霜降。它的到来，预示着季节的脚步已转到了冬的门前，霜降是秋的最后一个节气，是秋季到冬季的过渡。

早晚天气渐凉，午间气温还会再次上升。父亲拿了衣服，说要洗个澡，嘴里还在念叨着："霜降一到，天气渐冷了。从今天后，气温就渐渐地往下降了，趁着今天天气暖和，在家洗个澡，后面要去澡堂里洗了。"

他随手插上电热水器。没有多少时间，他准备洗澡，我告诉他再等一等，看似水温上来了，其实冷热不均，还不能形成舒适的水温。

可他急不可耐地要洗澡了：洗澡用的座椅已经放好，换洗的衣服已准备好，洗澡穿的藤制拖鞋也备好了，肥皂也放置在水池上了。他脱了衣物，走进卫生间，我帮助他开了水龙头，调好了水温，顺手关上门。卫生间传来一阵阵"哗啦啦"的水声。

我一直站在门外，不敢有任何的疏忽，毕竟他是九十多岁的老人。他洗澡的时间还是很充裕的，中途我还进去帮他用肥皂擦拭了后背，并用水冲洗了干净。

过了大约十五分钟，门微微开了，我知道他要出来了，第一时间递给他外套：霜降的季节不能受凉，好在父亲穿衣的速度还可以。

霜降需要洗个澡，安安稳稳地为过冬做准备。这是父亲对二十四节气霜降的一个交代，也是他的一种诠释。我的脑子里不时地闪出另外一幅"父子霜降对话图"：

"一凡，今天是霜降，早晚天气较冷，中午则比较热，昼夜温差大。中午要是热了，不要脱掉衣服，拉开衣服的拉链就可以。"爸爸语重心长地说，"还有，今天是霜降了，天气很干燥，要多喝水。"

一凡点了点头。

爸爸站立着，环顾着四周，嘴里默念着："豺乃祭兽，草木黄落，蛰虫咸俯。霜降来了！"

"爸爸，你又在说什么？"一凡拉了拉爸爸的手。

"哦，我说的是霜降时节的特征。"爸爸笑了，"田野里的庄稼收割完毕了，农民伯伯正在播种冬小麦。天气逐渐地冷了，动物们也开始储备食物了，豺狼们也开始捕获猎物，吃不完的就一排排、一个个地放起来，像极了人类祭祀时候的样子。哈哈……"

听着爸爸爽朗的笑声，一凡也笑了。

"还有，你看树叶枯黄都纷纷地掉落了。你看，连小花草也逃脱不了……"爸爸指了指路旁的小花草。

"嗯。我知道了，那些地底下的动物们，蚯蚓呀，蛇呀，也全在洞中不动也不吃东西了，开始进入冬眠状态了，对吧？"一凡昂着头看着爸爸。

"是呀！霜降水返壑，风落木归山。冉冉岁将宴，物皆复本源……"爸爸吟诵着唐朝大诗人白居易的《岁晚》，与一凡消失在绿道的尽头。（节选自蒋岭《霜降》，发表于《漫画周刊 七彩童年》）

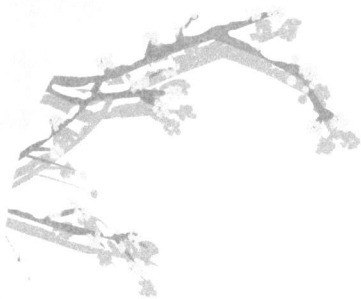

第四辑

冬季篇

立冬

《月令七十二候集解》：立冬，十月节。立字解见前。冬，终也，万物收藏也。

三候 水始冰，地始冻，雉入大水为蜃。

时间 每年公历 11 月 7 日或 8 日

"立冬"两个字有一定的说意。"立",是建始的意思,也就是开始;"冬",是终的意思,并非冬天的"冬";也就是万事万物到了此时开始"躲藏""收藏"的意思。

立冬,从字面上来说,就是气候开始真正进入了冬季。

天气渐冷的早晨,人总是怕起床的,有些懒洋洋的,想多睡一会儿,可想到还要去上班,也就一骨碌地爬了起来:宁愿早一分钟,平静、心安,不急不躁。

一只小鸟身体笔直地站立着,头高高地昂着,目视高空,一副桀骜不驯的样子。

这是前几日发生在一号教学楼楼顶一处凸出石礅上的场景,我随即用相机拍摄了下来。石礅也许是建造时用于一些特殊的用途,站在楼底下仰望只能看到石礅露出的一丁点。而此时对于看到它与这只小鸟的我来说,内心却有着一种莫名的激动:什么是格局?这就是格局,站得高。什么是眼见?这就是眼见,看得远。

站立高处,傲视全校,难道小鸟的内心没有高高在上的自豪感?肯定是有的。

站得高,看得远,难道小鸟没有天生的一种优越感?你无,我有;你有,我优;你优,我卓。这便是"眼见"与"格局"形成的一种自然的流露。

今日,仰首却不再见那只小鸟,剩下的就是那突兀的石礅。旭日的光辉斜斜地映照在它的角面,那尖尖的三角尤其"尖锐",是否在抵御着立冬的寒意?

春回大地,万物复苏,气象万新,满眼都是苍翠,一切都生机勃勃。当和煦的阳光照耀在身上时，我们感受到了久违的安逸，内心也自然会喷薄出汩汩的斗志，"盎然"也是春季给予我们的一种走向。

夏日炎炎，周身被一团团的火热包裹，此时的我们并不喜欢出门，更多的是待在屋内，内心自然有些许的烦躁。

秋风拂来，枯叶如同黄蝴蝶般飘落，撒满大地，踩着落叶，"咯吱咯吱"声入耳，凉意入心，失落之感油然而生。

立冬，意味着冬天来了。冬天来了，意味着寒冷来了。那么，寒冷来了，是否我们要蜷缩一团或是停滞不前呢？立冬，是该立志的时候，如同那只高高在上的小鸟，志存高远，迎风而立，迎难而上。

立冬的今日，并没有如冬那么寒冷，反倒是暖暖的阳光铺洒在水泥地上，使人内心温暖。那三棵梧桐树上的树叶冷不丁地落下一片，惹得树下的孩童你追我赶地去捡拾，拿在手里，数着上面的斑斑点点和那一条条的纹路，似乎是在探寻藏宝的路线。

午后，我骑着电瓶车到了目的地，坐下安静地等候会议的开始。我面对的正好是两扇窗子，窗外的阳光慢慢地随着时间的推移，有了斜斜的暗影，不一会儿有了一团黑影，那是立冬画下的标记。

几只小鸟在窗外的房檐上跳来跳去，一会儿落入暗影，伸长脖子抖落一下满身的灰尘；一会儿蹦跳到房檐的瓦楞上，迎着阳光"呱呱呱"地叫唤几声，以示满心的欢喜；一会儿三五成群、挨挨挤挤地争抢檐角处的黑白影……

猛地，窗外不知从哪里灌进一阵风，扑在脸上、身上，顿生一股寒意，身体也不由得战栗了一下下。

我笑了，这是立冬来到身边了。

不经意间，天边逐渐铺满了黑黑的幕布，不消一会儿，那块幕布遮盖的面积越来越大、越来越厚，天地间忽然就黑了。立冬又不知从哪里冒出来，围着来往行人的身子转悠着，人们感受到了凉意，裹紧了外套。

到了立冬时节，北方就开始下雪了，为了抵御寒冷，人们也想了许多办法，包括饮食上也有相应的抵御办法，吃饺子便是一种。水饺的外形类似于人的耳朵，人们认为吃了它寒冬里耳朵就不会受冻。另外，饺子与"交子"的音相同，意思是说立冬吃了"交子"能够和气生财。

我虽不是北方人，却很喜欢吃饺子，对妻说："今日是立冬，我们晚上吃饺子吧。"妻包的饺子馅是韭菜和碎肉，煮熟了，盛上满满的一碗，倒入一点镇江香醋，加点芝麻油，一股香味扑鼻。

屋外华灯初上，吃完饺子的我们来到马路上，顺着银杏大道向前走去。月亮亮堂堂，天空一片洁净，晚风轻轻吹拂着脸颊，再没有了傍晚时分被凉意惊到的寒。

我们看着月，月照着我们的脸，随着我们的影。

此情此景，不由想起明代诗人王稚登所写的《立冬》："秋风吹尽旧庭柯，黄叶丹枫客里过。一点禅灯半轮月，今宵寒较昨宵多。"

是呀！此时身旁的银杏树叶已经黄了，冬天来临了，今晚肯定比昨晚凉了。

立冬来了，蝉儿不见了，蚯蚓躲起来了，只有风儿还到处在闲逛。立冬的夜晚来了，鸟儿也归巢了，人儿也该回家了，所有的一切都要好好地珍藏，等待来年……

春耕夏耘，秋收冬藏。

今日，立冬。

小雪

《月令七十二候集解》：小雪，十月中。雨下而为寒气所薄，故凝而为雪。小者，未盛之辞。

三候 虹藏不见；天气上升，地气下降；闭塞而成冬。

时间 每年公历 11 月 22 日或 23 日

第四辑 冬季篇

151

读到小雪，你一定以为是下的小雪。这样的说法也说得过去，但告诉你：今日只有雾，没有雪。

小雪节气，说的并非天空下的那个雪，而是说的天气到了这个时节，气温开始往下降了。

早晨起床之后，拉开窗帘，我看到了屋外雾蒙蒙的，马路上湿漉漉的，是不是下雨了呢？我使劲地睁大眼睛仔细看了看，有许多骑着电瓶车的人没有穿雨衣，我认定没有下雨。我赶紧下楼，争取赶在雨下大之前到达学校。

可，我想错了。

刚开始骑的时候，我没有感受到雨点。慢慢地，我的头盔玻璃罩上积了一些雨珠，到了一定数量的时候，它们串成雨珠滑落下去。我摸了摸冲锋衣的外罩，有滑滑的雨丝，不算潮湿。遮挡在电瓶车前的防风罩发出轻微的"噼里啪啦"的声响，我知道那是雨滴一颗颗砸到上面发出的。

停下电瓶车，你感觉不到有雨点；骑上电瓶车，你感受到细细的雨点斜斜地落满全身。这也许是小雪带给我们的。

前方总是朦朦胧胧的，不知是那绵绵的小雨的缘故，还是本身就有雾气升腾起来的原因。

思来想去，我觉得应该是起雾了。

听说过"春雾花香夏雾热，秋雾凉风冬雾雪"吗？冬天起雾是什么？冬雾雪，照眼前这样的雾蒙蒙的情形来看，小雪不就是即将要来到了吗？

这样的雾蒙蒙中，伴着丝丝小雨，我进入了校园，开启了小雪这一天的生活。

走过三棵梧桐树底下时，我禁不住停下了脚步：满地的落叶，像极了画家随意抛撒，又似早已勾勒好的落叶缤纷图。这里是一簇簇的焦黄，那里是一叶叶的橘黄。踩上一把落叶，脚底板发出沙沙的声音，似乎是叶片发出了"哎呀"的呼唤；再踩一脚，却又发出"咯吱"的声音，是不是挠到了叶片的胳肢窝？

我蹲下身子，想要细细地倾听落叶"咯咯"的笑声，却听到了它们你争我抢的嚷嚷声，是不是要将昨夜做的好梦告诉我？还是要将昨晚与鼠小弟欢乐的情形一股脑儿地泄密给我呢？

随即，听到了"哈哈"的声音。我惊得站起身来，朝四周寻去，没人；低头看去，落叶占满了地面，没有任何的动静。我侧耳再听，没有了声音。我静静地等候着……

"哈哈！哈哈！"

声音的源头找到了，原来是两位孩童从远处的馆藏推荐书架处走来，或许是他俩刚阅读完一本有趣的绘本，才有如此开怀的笑声吧。

今日小雪，我并未看到一片雪花，却看到了一片片"绘声绘色"的梧桐落叶，还有那充满快乐的孩童。

一晃到了傍晚时分，天空中的乌云越聚越多，那浓密的黑云之中隐隐约约出现白亮亮的色彩，你是不是来自天庭的雪花呢？"我欲乘风归去，又恐琼楼玉宇，高处不胜寒。起舞弄清影，何似在人间。"（宋·苏轼《水调歌头》）

久等之后，我依旧没有等到小雪的到来，她的姗姗不来，着实让小雪这个节气失去了一半的光泽。遥想当年，我跟北方的朋友聊到小雪，说到小雪节气，继而谈到了唐朝诗人白居易的《问刘十九》："绿蚁新醅酒，红泥小火炉。晚来天欲雪，能饮一杯无？"

南方没有小雪，可北方却是白雪皑皑了，这首《问刘十九》是不是很应小雪的景呢？估计，朋友当年的此时、此刻的今年，她定然是在享受着北风呼啸、小雪已到、大雪将至的隆冬时节的那份快乐。不信，你听——

她：你读过描写冬季的古诗吗？

我：没有！你能介绍一些给我吗？

她：行！《问刘十九》是最能描写冬天湿暖的一首诗。短短的四句诗，生动地写出了雪天邀友小饮御寒，促膝夜话的情形：想那绿该是浅浅的绿，嫩生生浮在杯中，让人想起春天。而那红该是近似于紫砂般的敦实的红，透过通红的炭火，正宜于和一二挚友小饮一场，可以暖身，可以暖心。酒是新酿的，上面还浮着蚂蚁一样的酒渣。红泥做的小火炉里，已经烧起火准备热酒。在天将下雪的晚上，约好友来共饮一杯，那情调是多么温馨，多么快乐啊！

我：我懂了，雪是冷的，酒是温的，情是热的。正是因为有了友情，冬日里也显得温暖。那份温暖，可以把人从冰天雪地的荒寒中隔离开来，可以让人心中的冰层一点点融化。

她：在古代，和好友品茗谈心或饮酒赋诗，都是最令人神往的雅事。

　　人处寒冬，不免瑟瑟发抖，如果加之孤单，那么小雪带给人的不单单是凄凉、冷冽之感，还有孤寂、落寞。此时，偶听屋外有敲门声，好朋友冒寒（雪）前来，岂不快哉？"寒夜客来茶当酒，竹炉汤沸火初红。寻常一样窗前月，才有梅花便不同"的诗句定是脱口而吟的感叹。宋朝诗人杜耒在《寒夜》里与唐朝诗人白居易肯定会隔空相对、把酒言欢，是否像极了你与好朋友之间的那场相聚？

　　火刚旺，水已"咕嘟咕嘟"地沸腾起来，一团团绵绵的雾气在你我之间升腾、散开，正如那片片的小雪花飞舞，转瞬间消失不见。朋友煮茶聊天，交谈甚欢，如同那早已热闹翻滚的茶水，不停叙说着友情、过往。

　　夜已深，情更浓。

　　今日小雪，小雪降临还能有多远？

大雪

《月令七十二候集解》：大雪，十一月节。大者，盛也。至此而雪盛矣。

三候 鹖鴠不鸣，虎始交，荔挺出。

时间 每年公历 12 月 6 日、7 日或 8 日

纵观全国的气象状况，许多地区都在纷纷扬扬地飘着雪花，已进入了大雪的状态。

前几日，本地区下了一场雪。说大吧，仅是地面覆盖了薄薄的一层；说不大吧，整整地下了一夜。对于雪花的到来，我曾饱含着热情这样吟诵过："你／纷纷落下／犹如／顽皮的精灵／洁白／是你的／衣装／还是你的／无奈？"

还记得在20世纪90年代，来到这所小学的那年冬日，我目睹了一场雪花纷纷的情景，当即写下了《雪花儿飘》的小文，不单单发表，还汇编在《心安是归处》（蒋岭著，中国书籍出版社出版）的散文集中，今日再次展示片段，以作大雪纪念。

一

雪花在飞，人心在舞。雪花细细密密，如同你柔柔的性情，它随着风儿在动。银装素裹的世界在你我的手指间轻轻地滑过，洁白、淡雅。任凭雪儿调皮地在你我的肩上跳跃。

你那里下雪了吗？手足并用地感受着雪的冰清。呵一口气，雪儿左旋右转引得风儿哈哈直笑，那份笑意、那份纯洁暖暖地填入我的心田。

雪儿继续飞舞着，到处都有它娇小的身影。我站在它的面前，感觉到了它的丝丝凉意。雪儿的兄弟姐妹们在一起招呼着来到了可爱的、第二个家园——地球。此时，忙碌的人群突然间静默不动，大家你瞧着我，我瞧着你，感受雪儿所带来的清新、明朗。

音乐声中，只见几位孩子疯狂地飞到雪儿的身边，生怕雪儿顷刻间又会离开他们。

孩子们轻柔地把雪儿捧在手心，脸上充满了欢乐。

孩子们轻轻地把雪儿揉成了一个团，团在内心，团在自己那早已冻得通红的小手心中。

二

我张望着漫天飞舞的雪儿，想象着我就是一朵小雪花，随着风儿的召唤，在天空自由自在地与大伙一起漫步。只见眼前到处都是一片晶莹，到处都是一片洁白。

随着风儿，我来到了树枝，告诉栖息的鸟儿，那来自天空的信息；我来到屋顶，告诉那檐下的雀儿，此时的北方的景色；我来到了荷池，轻轻地融化成一点小小的珠水，告诉小鱼儿，我曾经有过的梦想……

一阵风儿扑面而来，我浑身一颤，陡然间我看到了风儿，看到了雪儿，同时我也看到了月儿在天空淡淡的容颜。风儿"追逐"，月儿"半影"。漫天飞舞的其实就是你我跳跃的思绪。

"大雪，十一二月节，至此而雪盛也。"（《月令十二候集解》）这让我想到了曾经在上庄小学的那个"大雪"的日子。

踏着乡村高低不平的小道，历经一个小时，我走进了一座人口并不多的偏僻小村庄薛家嘴。由西向东顺着村庄中的小溪向前迈进，踏过小溪上的青石板桥，在一片椿树的掩映下，我来到了村的东头。哎呀！没有路了！阻挡在我眼前的是绿油油的稻田。远远望去，学校的五星红旗在不远处迎风飘扬，那就是我的教学生涯的开始之地——上庄小学。

一眨眼三个多月的时间过去了。一路走过来路途上看到的都是被翻耕过的田地，偶尔有几只小鸟在寻找着食物。路旁的树枝上光秃秃的，被北风一吹，发出轻微的"哗哗"声，似乎在喊着"冷呀、冷呀"的话语。

出门之时，母亲嘱咐道："今日是'大雪'，看这天阴沉沉的，可能要下大雪，你穿暖和些。"

"妈，虽是'大雪'，但不一定下大雪呀！放心吧！"我笑着出了门。走到半道上，天空的乌云压得低低的，北风带着旋儿直往衣服里灌。我将衣服裹得紧紧的，脚步也加快了。走到薛家嘴村口那棵大树底下时，天空中飘起了雪花。我从村东头疾步走出时，雪花纷纷扬扬地落了下来，就是那么几百米的田埂道，肩膀、头顶上已经落了许多的雪花。

掸去雪花，跺跺脚，我拿起书本进入教室上课了。时间一晃放午学了，同事们和孩子们都是村庄里的，全部回去吃饭了，剩下我一个人在简陋的办公室等蒸煮的午饭。

隔着玻璃窗，我眺望着北方，白茫茫的一片，分不清哪里是路，哪里是田块。路上已经看不到一个人影。蒸煮的午饭在锅内冒着热气。我坐在了办公桌旁，看着落满窗台的积雪发愣。忽然，不远处来了两个人，深一脚、浅一脚地踏着积雪艰难地行走着。他们的全身落满了积雪，似乎无暇顾及。

及至到了近处，这两人的身影格外地熟悉，定睛再一瞧，那是父亲和姐姐。母亲看到下如此大的雪，不放心我，便让他俩来看一看。

大雪未到，寒气袭来。但，大雪的日子里也有温暖惦记着你。

冬至

《月令七十二候集解》：冬至，十一月中。终藏之气至此而极也。

三候 蚯蚓结，麋角解，水泉动。

时间 每年公历 12 月 21 日、22 日或 23 日

冬至，很明显是说冬天到来了。有人会说，冬天早就到来了，你不见前面已经立冬、小雪、大雪。别的不说，我们就说说气温吧。前几日气温虽然很低，但似乎都只是在零度左右徘徊，而今日最低温度却是 -6℃，从这之后，后面的温度也是很低，几乎都是 -4~6℃。你看，冬至是不是真正到了冬天呢？

元代吴澄的《月令七十二候集解》上说："终藏之气至此而极也。"什么意思呢？就是说，冬至这一天是聚藏的阴寒之气将开始削弱，阳气开始回升。有人肯定又看不懂了，明明是冬，意味着阴气甚浓，却怎么是削弱，而阳气开始回升呢？这从天体的运转（特别是地球绕着太阳转）规律可见一斑：冬至这一天太阳直射南回归线，之后它将北返，也就是说，从冬至这天起太阳的高度要回升了，我们北半球开始渐渐地转暖，相对应的白昼的时间也逐渐地拉长。所以，从天文学的角度来看冬至，这一天是北半球（我国所处的区域）白天最短、黑夜最长的一天。

于是，这个日子就被赋予了特殊的光晕。

早晨起床，感觉周遭是冷冷的，慌得我赶紧将棉袄的扣子扣好。父亲早早地起床，吃好了早饭，又躺到了床上，眯着眼小寐。这也是他这个九十出头的老人的一个习惯：起得稍稍早，吃完早饭（自己做的），又小睡一会。

我每日也有一个习惯，早餐大多是在门口的"包子哥"店买：一个菜包、一个豆沙包，外加一个豆奶，营养够了。可是今日起来后，我没有出门去买，决定吃饺子。

关于吃饺子的习惯、爱好，我在《立冬》里谈及，只不过那天是晚饭时吃的，今日是早餐吃。一日之计在于晨，从"头"开始，预示自己、家人一个好兆头。

也许是天气冷的缘故，我不怎么想动，直到九点，我才出门去"小马菜店"买了菜，很是简单：一把芹菜、四块臭豆干、两个西红柿。这几日，我烧了一些菜，大多是蔬菜，清淡的菜。父亲因牙疼不怎么吃，我也无法，只能按照自己的意愿去买菜、烧菜。

回来后，稀里哗啦地将菜洗干净、切好，一样一样地摆放好，到十点半动手一个一个地烧熟。大约十一点钟，我俩吃了午饭。

过了半个小时，父亲去午休。

我们住在二楼，最东边一间，加上前后楼房与楼房之间的距离小，太阳到上午十一点才能完全地照到床铺上。吃过午饭，我才有机会坐在床边，享受着阳光的那份温暖。

随着光影的移动，太阳也慢慢地转动着它的位置，那份得之不易的阳光覆盖面越来越小。不知何故，到了下午两点不到的时间，我浑身有了许多的冷意，冷不丁还会发出一阵阵微微的颤抖。

我知道，不是其他原因，就是冷气袭的。没办法，我赶紧用力地搓搓手、跺跺脚，在家里小跑了两圈。结果，于事无补。

既然不行，那就如此吧。我重新坐了下来，无聊地翻看着电脑里的一些资料。因为冷，无心去写东西，偶尔与别人在微信上聊一聊。

每个节气都有"三候"，冬至也有。

初候，蚯蚓结。这里说的是阳气开始回升，寒冷至极之时纠结在一起的蚯蚓此时也有想向泥土上方爬动的趋势，故而屈曲而结。我觉得不太可能，因为虽阳气回升，但还很寒冷呢。

二候，麋角解。这是说动物的换装，这似乎是有可能的，不过并非所有的动物，要看是哪一个个体。

三候，水泉动。阳来则花开，要松动，这一点也需要时日方才有机会。

有一点却是实实在在存在的，那就是冬至来临，也就"进九"了。何为"进九"？也就是人们口口相传的"数九寒冬"来了。本地的人们也以"数九"来记录冬至之后日子（气温）的变化：

一九二九不出手，三九四九冰上走，五九六九沿河看柳，七九河开，八九雁来，九九加一九耕牛遍地走。

当"九九八十一"结束的时候，也就是春天的到来。

吃过晚饭，我照例出门散步。此时的天气，更加的冷，那迎面而来的风刮在脸上如刀割，我将棉帽拉至耳根，将口罩紧紧地戴好。

一路走过来，看到更多的是落满地面的一片又一片的枯叶，随着风、打着卷，无力地躺在冰冷的地面，转眼又被风吹起，消失在不知名的角落。

灯火阑珊，行人稀少。偶尔能透过玻璃窗看到里面热气腾腾的场面，两三个人在里面轻言絮语，或是好朋友，或是情侣，或是家人。但不管是何人，此景仿佛是过年的节奏，让人不由得遐思无限：

　　　　天时人事日相催，冬至阳生春又来。
　　　　刺绣五纹添弱线，吹葭六琯动浮灰。
　　　　岸容待腊将舒柳，山意冲寒欲放梅。
　　　　云物不殊乡国异，教儿且覆掌中杯。

腊八

（外一篇）

晚饭后，我依旧走出门去散步，天气仍旧寒冷，路上的行人依旧稀少。我一路上迈着均匀的步伐，不停关注着五公里的步数。没有多久，浑身就有了暖和的感觉，脚底板也是热乎乎的，步伐也轻松了许多。

回到家，我用热水洗了脚，一股股的暖流直达心扉，内心有了许多的惬意。躺到床上之后，玩玩手机、看看新闻，到点就休息了。可，不知什么缘故，始终睡不着。按照以往的惯例，我觉得可能是天气有变，看了天气预报，没有变化。究竟是什么原因呢？在混混沌沌中，我睡着了。

闹钟准时响起，我又眯了一会儿，爬了起来，父亲房间的门关着。出乎意料，他一般都是早早地起来了，今日是个例外，看来是天气冷的缘故。

今年的冬季，似乎特别地寒冷，每日的下午人都感觉寒意十足。

看了看日历，原来是腊八。我拍了拍脑门，昨晚的"燥热"可能与腊八有关，要过节，所以心有些激动。

按部就班的一系列操作，蒸馒头、鸡蛋，热鲜牛奶，刷牙、洗脸后，那边的早餐也"嘀嘀嘀"地提醒：好了。

过了腊八就是年。但，这个年，如何过呢？也就是那么几秒钟的短暂停顿，我又恢复了往常的思维，买菜回来做午餐。

下了楼，一股寒气袭来，身体不由自主地抖了一下，我将棉袄裹紧。此时，嗓子有些痒，还带有偶尔的咳嗽。我有些紧张：是不是有病毒的侵扰？不会呀！我每次出门，都戴好口罩，买东西都跟人保持着距离，看到对面有人，我都会有意识地躲开一点。再者，每次买了菜和生活用品回来，我都会用酒精壶一阵"呲呲呲"，紧接着又跑到水龙头处认真地执行"七步洗手"法。

我很是小心，因为家里还有一个九十多岁的老人。

转念一想：是不是昨天值班的时候，空调没有效果，冻的呢？有可能。寒气从脚起，昨天穿的球鞋有些单薄，所以换了办公室的棉鞋。而棉鞋的后跟不是很宽，半个脚跟还是露在外。

如果是冻的，我定要好好地保养，注意保暖，不能再让寒气侵扰。可转念一想：会不会是家里的老人家传染的呢？有可能。他每日早晨起来吃过早饭就和着衣服，蜷缩成一团睡在竹藤椅子上，会不会着凉？着凉了，那就传染给我了呗。

如果是这样的话，我还不很担心。可……他老人家时不时地会往外跑，比如昨日我去单位值班后，他肯定去拿了报纸。戴没戴口罩呢？前几天还出门三次去看理发店开不开门，还有，还有今早，他去楼下拿了烧香的一个罐罐，肯定是昨日做的什么"仪式"。如此的行为，他做了许多。近期，他总是"咳咳咳"的，究竟是什么原因呢？此时此刻，这么冷的情况下，他又裹成一团，窝在竹藤椅里。

但愿是受凉。

说到腊八，那就是年味越来越浓。可，如今的氛围却有些冷清，看不出大家的喜乐。

据传，佛祖释迦牟尼成道之前修行多年，仍旧不能得到解脱之法，身体也日益消瘦。关键之时，一位牧羊女送给他一碗粥。他喝了之后恢复了体力，端坐在菩提树下沉思，于十二月初八成佛，于是有了腊八节。在沿袭的过程里，腊八节喝粥久而久之也成了一种习俗。

说到腊八粥，不由得想到十几年前的那一幕。

有人敲门。

开门。原来是年迈的父亲。

哎呀，这个时候，你怎么来了？因为下雨，雨天路滑，我担心地问候着。

我就是到这个时候来的，因为来早了，你们肯定还没有下班回来。刚才在楼下看到你们的灯亮了，我想肯定有人了。于是我就上来了。老父亲边说边坐在客厅的沙发上。

他吩咐我拿一个大些的碗来。

他手头拎着一个塑料袋，鼓鼓囊囊的，再解开系得很严实的扣子，打开，一只搪瓷大碗。揭开盖子，呀！是一碗粥。

父亲端起碗，将粥全部倒入了我取来的碗中。

明天是腊八节，你妈做了腊八粥，嘱咐我送来给你们。里面有银耳、莲子、花生……很有营养，糖放得不是很多，很好吃的。明天早晨起来，你们再热一下，就可以吃了。

父亲特意在这个湿冷天气的傍晚，冒着小雨，迈着小步，拎着这么一大碗的腊八粥，穿过几条弄堂，走过几条马路，爬上我这五楼，为的就是让我们吃到他们做的腊八粥。

我很是恭敬地将腊八粥放到了厨房的餐桌上。父亲很快乐，站起身来，下楼回家。我跟在他身后，送他。

下楼时，遇到了回来的妻儿，妻儿脸上的笑容绽放着。

下楼时，父亲说着当初带孙儿的情形，那份幸福的口吻也感染着我。他说，老了。虽八十多岁，但看到家庭中每个成员的生活状态，他说他感到幸福。我一直聆听着他的话语，不紧不慢地跟随着下了楼。

楼下，父亲看了看天，不下雨了，坚决不让我

送，举起雨伞，说，这个是拐杖。我停止了脚步，看
着他走向回家的路。

回到家，我吃了几粒腊八粥里的杏仁，一缕甜
丝丝的味道在口中漫溢着。

自从母亲去世，对于过节这样的事情，我们也都渐渐地
淡了。无论是哪一个节日，对于我们来说如同平常的每一天：
不乱于心，不困于情，不畏将来，不念过往。

小寒

《月令七十二候集解》：小寒，十二月节。月初寒尚小，故云。月半则大矣。

三候 雁北乡，鹊始巢，雉始雊。

时间 每年公历 1 月 5 日、6 日或 7 日

"小寒，十二月节。月初寒尚小，故云，月半则大矣。"（《月令七十二候集解》）单从字面的意思就可以看出"寒尚小"，表示这就是一个气温冷暖变化的节气。但，它依旧比小雪、大雪时的气温要低多了，是真正的冬天的状态。我生活在南京，与北方的小寒相比，那未必是一个寒冷的气温，真正寒冷的时节应该是在大寒。

俗话说得好：小寒时处二三九，天寒地冻冷到抖。这是进入到了人们口口相传的"数九寒冬"，可现实却不容我们"冷到抖"，穿着棉衣，晒着太阳，时间稍稍久一点就会有暖和的感觉。

查阅了天气预报，温度显示 1~14℃，这难道是小寒？我有些不太相信自己的眼睛。

"一候雁北乡，二候鹊始巢，三候雉始雊。"过了冬至，天气无形之中开始转暖，到南方过冬去的大雁也要开始急急地向北迁移。喜鹊也会欢天喜地地在枝头搭窝筑巢，迎接新的一年，雉鸡到了四九时（一般也会在小寒时节左右）欢喜鸣叫。

似乎，一切都向阳而生。此时，我却"阳"了——感染了病毒，到小寒整整七日"阳"的日子。

那是 2022 年的年末，我依旧在新龙佳苑父亲处值守。晚上大约八点半，我浑身开始有了冷意（怕冷），就早早地裹进被窝，但身体却抵挡不住病毒的侵扰，不久开始发热，测量温度为 38.6℃。幸好妻了解情况后，及时地送来了退烧药，吃罢一粒，昏昏沉沉的一夜。

本想着能够熬过。可，第二天身体似乎有某种"警告"，我不得不提前回到了家中，直接躺平在了床上。到了晚间九点多钟，身体再一次地发冷，测量体温为 38.6℃，继续吃退烧药。

时间到了旧年与新年的交接点，我躺在床上感觉到了嗓子的不适：痒痒的，说不上来的一种难受。再与妻儿说话时，声调已经起不来了，类似于"失声"。也就是那么一会儿的工夫，嗓子里有了难受的针刺感，一点又一点，使得自己不由自主地咳嗽起来。

就这样，嗓子的疼越发厉害，如同刀片在肉尖上的割裂一般。为了缓解掉这样的痒、疼，自己又不得不猛烈地去咳嗽，越咳越疼，越疼越咳，交替反复，无法得到缓解。

这样反反复复一直到了深夜。

无法入睡的我，只得倚靠着床躺着，"咳咳咳"的声音一阵阵传出，那嗓子里的疼痛也是一针追着一针地出现。无奈，我只得下床，来到了客厅，仰靠着沙发不紧不慢、小声地哼哼着，生怕吵到了妻儿的正常休息。母子俩也才刚刚"阳"过，正处于恢复期。

就是在如此的"哼哼哼"声中，天慢慢地亮了，嗓子的疼痛没有得到任何的缓解，不知还需要多久。

屋外华灯初上，屋内"哼哼唧唧"，再一次"咳咳咳"的重复。不知是什么神奇的力量驱使，嗓子的疼痛也准时在那个夜深人静的时刻再次"腾起"——凌晨一点多，它的疼痛达到一个高潮，会让人不自觉地"哼哼唧唧"。

再次无奈，我搬了被子，一个人干脆睡在了客厅。头枕着抱枕，身体蜷缩成一团，在混混沌沌、迷迷糊糊中，我释然了。

身体的温度趋于平稳，嗓子的那种"刀片割裂"的感觉渐行渐远，接下来的时间里就剩下"咳咳咳"的声响。

第六天，我睡在客厅，因为"咳咳咳"声已经打搅到妻的休息，她的康复受到了一定的影响。

临睡前，我吃治疗副鼻窦炎（这次感染病毒之后的并发症）的药物时，我居然嗅不到药丸的独特的气味。我失去了嗅觉，在小寒来临的那一夜。

今日小寒，阳气升。

今日在"阳康"的路途上。

小年

（外一篇）

风和日丽，我来到学校值班。坐在办公室，看着窗外的那株桐花树，小年一直在我的心里被惦记着。

到了冬天，天气着实变化无常，有那么几天太阳笑嘻嘻地照耀着，有那么几天天阴沉着脸，还有那么几天阴晴不定、反反复复。小年前后的天气就是如此。

单说今日。一大早，太阳就露脸了，笑盈盈地俯视着大地的一切，它似乎要将每一个旮旯都温暖一遍。

我到校的第一件事情便是先巡视一遍校园。巡视，是不是毫无章法呢？我可不想学"天"，变化无常。我每每都是遵循着一个路线来的。有人会说：因循守旧。错了，因"循"是为了更好地看到美景，更好地将这所有着几百年历史的校园的最动人之处欣赏、欣赏、再欣赏，如同那首歌唱的那样——

读你千遍也不厌倦，

读你的感觉像三月，

……

读你千遍也不厌倦，

读你的感觉像春天，

……

你的一切移动，

左右我的视线，

你是我的诗篇，

读你千遍也不厌倦。

……

或许，有人又说，巡视校园就巡视校园，怎么又唱起来了呢？因为有了路线，因为有了路线上的那一处处的风景。

你瞧，那条"鼠小弟的跑道"依旧是那么可爱，倾身附听，你一定会听到鼠小弟与鸟儿两位伙伴那"咯咯""唧唧"的笑声；瞪大眼睛，你一定会看到它俩在青石板上跳跃的美丽弧线。

你瞧，梅花厅处的那株椿树，在不为人认可的小土丘上傲然挺立，一年又一年地将根须扎进本不牢固的土壤，让自己四季青翠可人，身旁的小梅花、小黄杨也忍俊不禁地为之鼓掌。

再看那老态龙钟的梓树，它可是校园内的"明星"，不单单因为它的年长，还因为它桀骜不驯的品质：秋来，落叶凋敝；冬来，光秃秃的只剩下枝丫。当你以为它似乎已经沉沦的时候，春来发几枝，夏来满庭芳。这就是梓树，一棵有着"桑梓之情"的老树，对这个校园情有独钟、矢志不渝的"那一棵"。

还有许多，一片竹林、一排香樟、一棵榉树、一行紫叶李、几株龙爪树和三五成队的梧桐树……

"读你千遍也不厌倦"，这就是冬日的校园带给我的感受，也算是"年"到来时的那份喜悦吧。

说到了年，回头再来看小年。

小年前，暖洋洋的天气，让我们误以为来到了春天，校区楼宇底下的几株小树慌不迭地生出几片小嫩叶，还迫不及待地开始打起了花骨朵。临近傍晚，天气突变，黑压压的乌云从东方"呼啦啦"地奔来，一会儿便遮盖了整个天顶，周围一下子就暗了下来。

"下雪了，好大的雪！"妻推开阳台的门，惊呼了起来。是的，向南眺望，眼前是白茫茫的一片：临近的楼房的屋顶上落满了积雪，远处的田野里铺满了积雪，天地之间一下子被白色所覆盖。它们是何时来的，我不知。也许，它们是不想打搅人们本已有些乱蓬蓬的生活节奏，在不为人知的时刻悄无声地降落人间，"白雪却嫌春色晚，故穿庭树作飞花"（唐·韩愈《春雪》）。

一股寒风吹进窗台，我浑身一个激灵，方才记起今日是小年。对于小年，中国的南北方有一点小小的区别：北方一般以腊月二十三为小年，南方一般以腊月二十四为小年。但，从目前的情况来判断，大伙还是以腊月二十三为小年。小年来了，也就意味着真正地进入到过年的节奏。小年最重要的习俗莫过于祭灶。

祭灶，我们俗称祭拜灶老爷。小时候，我们生活在蒲塘油米厂隔壁的一个小院子，里面拉拉杂杂生活着二十几户人家。院子门是一扇铁栅栏，门边栽着一棵梧桐树，不知何时存在的，我有记忆时它就在那里了。那铁栅栏门的"吱嘎"和"咣当"声伴随着每日的进进出出，至今还犹在耳畔。

进入小院后，就是一条直直的水泥道，东西走向，约莫也就是五十米长，宽有三四米，路的南边是一排栏杆，栏杆下方便是尿布河。

路的尽头是一堵院墙，将院子与油米厂隔离开来，一墙之隔的西边有一幢高高耸立的建筑，那是一座水塔。水塔最顶端是蓄水池，水是从隔着尿布河的南北走向的河里抽取上来的。那条南北走向的河里种满了荷花，人们给它取了一个雅致的名字，叫"荷花塘"，河里的水自然是清澈的。

水塔里的水是专门供应给这个小院子的每户人家的，一排栏杆上有着铁制的自来水管，还有水龙头，这样的装备在当时可是奢侈的享受。

每家屋子都是两间，清一色的红砖灰瓦。为了生活的方便，父亲在紧挨房子的左手边建造了厨房，右边建造了鸡舍、鸭笼，还有一截低矮的墙体，地面摆了一些栽了各色花花草草的瓶瓶罐罐，煞是好看。

有了厨房，就有了烟火气。每到小年的时候，父母就很郑重其事地开始祭拜灶王爷。早晨的时候，母亲便开始了一天的忙碌，打扫着并不大的厨房，锅碗瓢盆洗洗涮涮，地面扫一扫，窗户也用抹布一遍又一遍地擦拭，那口大大的缸从里到外也擦拭了一下，接着盛满自来水，放入明矾，水不大一会儿就清澈见底。

天暗下来了，碗筷也收拾干净了，厨房内的电灯也亮堂了起来。这时，父亲会将去年贴在灶头（烟囱管道）的灶王爷的神像揭下来，然后贴上"请"回来的一张新的灶王爷的画像。接着，他会恭恭敬敬地在画像前放上一些糖果、糕点等物品，双手合一，嘴里念叨着："灶王爷上天庭，替我们多多说好话，来年万事顺利。"

仪式结束，小年在欢庆、喜气的氛围里度过了。

此时此刻，我走在新龙佳苑小区的道路上，路边小轿车上的积雪还没有融化，在灯光的照射下，晃得人内心有些冰凉。

"叮咚！"手机显示一条消息：同城快递，请签收。

取到快递，是一大一小两罐茶叶，那是好友邮寄来的。进到屋内，我拈了几片茶叶，倒上热水，一股浓浓的茶香溢满鼻翼。

小年有小雪，洁白。

小年有茶叶，舒心。

大寒

《月令七十二候集解》：大寒，十二月中。解
见前。

三候 鸡始乳，征鸟厉疾，水泽腹坚。

时间 每年公历 1 月 19 日、20 日或 21 日

如同小雪、大雪节气出现时一样，想象着能看到雪花纷飞的场景，可那几日却一片雪花也没有看到。如此看来，节气表示气候、气温的一个变化，而非如字面所表示的那样，否则有人又会说节气变成了"应景"。

　　说到大寒，我也不由自主地想到寒冷、严寒、寒气逼人等字眼，原以为一定会是一个极冷极冷的日子。晨起后，拉开窗帘，看到的是旭日已经东升，那照射到屋顶的阳光呈现橙褐色，有一股股暖意飘散开去。

　　这，哪里是大寒，分明有点初夏的情形。猛地打开窗子，一股冷气涌了进来，浑身一哆嗦。哦，这是冬天，方才的冷气告诉我：今日是大寒。

　　所谓大寒，即为天气到了此时是最最寒冷的时候，它也是二十四节气的最后一个节气。

　　时至午间，太阳升至中天，光线透过窗玻璃满当当地洒进屋内，热乎乎的气息溢满了心间。我哑然失笑：这哪是大寒，这是大暖。转念一想，如此的温暖，是不是预示大寒对冬日的不舍？因为大寒之后便是春的到来，"大寒岁终，冬去春来"，春的脚步也逐渐地走入人们的视线。

　　我翻看着日历，突然间看到"宜沐浴"的字样，这是不是提醒我大寒不寒，适宜沐浴？没有过多地考虑，我洗了一把澡，全身上下被热水浇灌了一遍，以崭新的形象迎接大暖的到来。

　　其实，乍暖的天气也是转瞬即逝，我看了接下来几天的天气不容乐观，最低的温度依次是1℃、5℃、-5℃、-7℃、

–6℃、–2℃、–3℃、–4℃……如此看来，大寒并非虚名，暂时的暖是大寒的一个前奏。

吃罢晚饭，我便出门去遛个小圈：因为前一段时间自己感染病毒，现处于恢复期，增强体质的一个方式就是散步。虽然身体还是很虚弱，但动起来相信就会好得快些。所以，我一路都是慢走。

今日是大寒，自然要与它抵御一番，以此证明自己还是不畏风霜，能够坚强地度过每一天。

我的行走路线一般都不固定，有时喜欢顺道向南笔直地一条道走到尽头，然后回转；有时是顺着马路朝前，遇到红灯就右转，直至回到原点；有时是心头做一个规划，接着便按"既定方案"去实施；有时是根据运动App的路程提示，适当做一些调整。不管是哪一种，我都坚定步伐，朝前走。

时针快要指向六点，我的脚步已出了小区的大门。

此时，路上的汽车也多了起来，行人也多了起来，路边商家的叫卖声此起彼伏，大家抓紧最后的时间做着买卖。

顺着中山路朝东走，来到农商行门口（弯子口），折向南边，一直走到第一个十字路口，面朝东，红灯停，等待过马路。

过了马路之后，新修的道路平坦、干净，到了庆丰小区的十字交叉口，我又转向北，穿过庆丰小区（园村）南北贯通的道路，直达飞燕文化街区。在亮着彩灯的飞燕文化街区的喷水池前，我伫立了短短的十几秒，似乎看到随着"丁零零"下班铃声响起时熙熙攘攘的人群蜂拥而出，仿佛也听到了那叽叽喳喳的喧嚣声……这里承载了许多人不灭的记忆，装载着许多人美好的回忆。

脚步不停，来到了珍珠南路——一条横贯整个小县城南北走向的马路，车水马龙，人来人往。时隔不久，我便走到了珍珠河的桥面，一个转弯就是通济街。

通济街是一条东西走向的狭长街道。它的两边都是商铺，去年进行了复旧改造。整条街区的中间挖了沟渠，沟渠的样式各式各样，有长有短，有宽有窄，有弯曲的，也有笔直的。沟渠的装饰也不尽相同，有的修建成小桥流水，有的装点成荷花池，有的就是喷水池，最西边就地恢复"三眼井"的古老景点……

通济街最东边有一大木牌坊，顺着道路向西漫步，两边的店铺尽可能地改造成了有木制窗花格的造型，房檐有雕梁、翘角，有的建筑上还有眺望楼。有的店面前挂起了五彩的纸灯笼，营造出节日的氛围，一段坑坑洼洼的青石板路，仿佛回到了一个有故事的年代。

学校大门正南方就是通济街，地面是由古朴的青砖铺成的，入口处有三棵郁郁葱葱的梓树，树底下总有三三两两的行人坐着歇息。

学校大门左面是一道不高的围墙，从街面一直延伸到校内的紫藤长廊。墙面上配有江南风格的屋檐装饰，一排小灯笼好似一张张可爱的笑脸，随风轻轻摇摆发出"呼啦啦"的声响，好像在与每一位进校门的人招呼着"你好！你好！"。

正门右边是家长接孩子的等候区，长廊、座椅和廊柱都是木质结构的，头顶是一块块玻璃拼接而成的透明屋顶。下雨天时，我们可以仰面欣赏屋顶上一滴又一滴的雨花四溅的曼妙身形。

这是我在《陶艺社团的悄悄话》里描述的学校门前的模样，在《书法课》这篇小文里，我还记录了当时紧挨着学校大门的那条叫高平巷的小巷的"故事"：

那是一条铺着青石板的狭窄小巷。

一到下雨天，在幽深幽深的小巷里，总会传出"滴答滴答""噼里啪啦""哗啦哗啦"的各种声响。你不妨撑着伞，循着声音去寻找，会发现一些有趣的画面——

"滴答滴答"是小巷深处的一幢老式建筑屋檐上滴落下来的雨点发出的声响。屋子周身全是木质结构，看起来显得很古朴。屋顶一律是青灰薄瓦铺设，一块压着一块，构成了一个个"之"字形的沟壑。雨水扭动着小小的身躯，不慌不忙、不紧不慢地在"之"字沟壑里滑动。等到檐口时，它们早已笑成一团，随着一个跃身，轻盈地溅落到地面的青石板上，发出欢快的笑声，然后倏地一下，转身不见了身影。

你的眼神此时一定会被那路边的窄窄漕道所吸引，因为里面传来了"哗啦哗啦"的流水声。你俯身看时，能与刚才那颗颗小水滴颜面相对。它们挨挨挤挤，唱着："哗啦啦，哗啦啦，不要问我从哪里来，要到哪里去，我是快乐的小水滴，不退缩，不胆怯，永远向前进……"

此刻的你，一定会被它们感染得内心激荡，一定会站直身子抬脚向前走去，"永远向前进"的脚步也必然会在紫藤长廊处驻足：这是一处曲径通幽的歇歇脚的地方。身处在狭窄的巷内别有一番情趣，枯藤、新枝，细细粗粗，弯弯曲曲地盘绕在一起。

一道艳阳从乌云后面探出了头，天地间顿时亮堂了起来。

雨停了。

对面走来一位妇人，高跟鞋发出的"咯噔咯噔"声在幽静的巷内和着那"滴答滴答""哗啦哗啦"声形成了一首短暂的《雨巷》舞曲。巷口东端，抬眼看到了墙壁上悬挂的巷道牌。

高平巷建于清代乾隆四十年（1775年），随高平书院而兴，东西走向，呈"之"字形，长约240米，地面铺设青石板，是一条典型的江南小巷。

如果你是一个有心人，就会从县志（乾隆卷）里查阅到这样的一段记录：

学宫西旧有安公应晔祠，年久营兵占住……日久倾塌。祠西为赵公书院，康熙五十九年建，祀县令赵公世臣，屋宇亦渐颓废。乾隆四十年，知县凌世御集绅士捐金，改建高平书院，仍祀三公于后楼。

这就是这所校区古老、深邃的历史文化底蕴，它传承着几百年的书院文化，校园内的树木旁、林荫道、水池边……尽情地释放着蓬勃的朝气。

我走到通济街，面向学校的大门，站立。此时是大寒，却毫无大寒之感，我想既是对高平书院的仰慕，也是对它的敬意。

除夕

（外一篇）

除夕，俗称大年三十，也就是旧年的最后一天。

我在新龙佳苑照顾九十多岁的父亲，买菜烧菜是日常的工作，日子过得平淡无奇，大年三十也是如此。

白天相安无事，天渐渐地黑了，吃罢晚饭，我出门去看看大年三十的晚上有什么不一样的场景。

马路两旁的商户大多已经关门，想象着他（她）们一定在家团聚，觥筹交错、欢声笑语一片，也是对自己一年到头的奔波的犒劳。

忽然，一阵风吹来，卷起地上的落叶，四散飘去。原以为这阵风会消失殆尽，没承想它们竟然打起了旋旋，还时不时夹杂着寒气，是不是为了前几日的大寒作一个补充？还是提醒路上的行人赶紧回家团圆呢？

我没有停下脚步，戴好帽子、拉好衣领继续往前迈进，风儿似乎不舍，在身后裹挟着落叶追逐着。不大一会儿，它就被我远远地甩在了身后，还能听到它"呜呜呜"不服的叹息声。

我微微一笑。

这几日，天天回暖，完全没有冬季的感觉，也更没有"年"到来的踪迹。这样的情境不由让我想到了小时候除夕的那份快乐。

小时候，临近过年，我们那个小院里就热闹开来了。十几户人家的厨房开始整日地冒着炊烟，每户人家的屋内都会飘出芳香。父母都会在年前蒸馒头、蒸包子，一笼一笼的馒头、包子端出来时，我们都会在那白白的雾气中伸手抢先拿走好几个馒头、包子，喜悦的心情溢满脸庞。做糙米糖、炸年糕……似乎一年的喜庆在那一刻都展现了出来。

大年三十的晚上更是我们欢乐的时间，母亲总用一勺子，点上点油，打一个鸡蛋。随着"滋"的一声响，鸡蛋紧贴着勺子冒出它独有的香气。母亲再放上早已准备好的野菜馅，然后用煎好的蛋皮包裹起来，一个蛋饺就做成了。那可是我最爱吃的，至今我仍旧喜欢吃母亲做的蛋饺。

屋外雪花纷飞，小院的一盏盏路灯也亮起来，小伙伴们是这家串到那家，那家串到这家，走时长辈们也会偶尔给一些小零食，欢乐的笑声随处都能听到。

入夜，小院里家家户户的大门都是敞开的，灯光照射着每户人家门前的积雪。年味也随着空气四处飘散。

现在下雪的时日很少，还有年味吗？那份小院里的其乐融融的年味还有吗？有，目前吃团圆饭、贴春联仍旧是人们大年三十晚上必须要做的事。

关于春联，我曾在《书法课》里借助尔东老师和宋山老师两人的对话做过一段有趣的记录。

"五湖四海皆春色，万水千山尽得辉。"

"好呀！春色满园关不住，一枝红杏出墙来。"

"日出江花红胜火，春来江水绿如蓝。"

"类似这样的春联还真的很多。"

"你看，这副对联不但内容精彩、贴切当下，书写得也很有韵味，是不是有点汉碑的风格？"

青石板上走来长相颇相似的两个男子，他们都戴着眼镜，都是那么地不修边幅，更为难得一致的是脖子上都围了围巾。他俩一路走一路指着巷内家家户户的对联说个不停。

"尔东老师，你说这像汉碑？那你说说个中原因。"

"宋山老师，你谦虚了。这副对联书写时，每个字藏锋起笔，有点像蚕宝宝圆圆的脑袋，你看……"尔东老师用手指了指"春"字的起笔横，"最后收笔时重重地一按，再挑起，就像大雁的尾巴……"

"明白了！'蚕头燕尾'，标准的汉碑风格，隶书的典型特征。"宋山老师啧啧赞叹起来。

"太对了！细看这副'万事如意展宏图，心想事成兴伟业'对联，还有点《曹全碑》的特点呢！"尔东老师走近一扇门，对着那副艳红的春联指指点点，继而又向后退了三步，眯起眼，"不过，看上去，还有点像《礼器碑》那富有弹性、飘逸变化的风格。"

"不愧是书法老师，处处皆'风格'，字字露'特征'呀！"宋山老师竖起了大拇指。

一阵嬉笑声从我身边飞过，几位孩童相互追逐，手里提着一盏盏喜庆的灯笼，嘴里还不住地嚷着："过年了！放鞭炮，贴春联，还要去拜年！"

春节

（外一篇）

　　小雨来得也许是时候：扫除旧日的诟气，以崭新的面貌
迎接新年的到来。

　　小雨来得也许不是时候：天空阴冷、地面潮湿，给外出
拜年的人带来一丝丝的不方便，有时行走要撑雨伞，骑车要披
雨衣，浑身蜷缩着，抵御着寒冷的侵扰。

　　不管如何，春节的脚步也是准时准点地来到了。

　　今早起床后，天空虽然是乌云密布，但雨点却没有再度
降临，或许它在琢磨究竟是降临人间还是待在云端？左右为难
的心态，就形成了"愁容满面"。春节，我自然会联想到拜年
的那些零碎的记忆，特别是去岳母家的那些岁月。

　　清水塘是一个比较小的村子，人口不是很多。

村子的经济状况一般。路的两边潮湿湿的，由于天气开始转暖的缘故，冰雪融化了。

继续向前进，我们出了村子，来到了环村的水泥路。北风还在猛烈地吹着，我们只有背对着风行进，才能躲避一点风的寒冷。妻与孩子的舅舅走在一起，谈论着今年一年的种种感受，谈论着家中的一切琐碎小事，同时也谈论着今后的打算，我没有过多地参与到他们姐弟两个的讨论之中。

环顾四周，到处都是田野。此时的田野已经被一层薄薄的雪覆盖着，这样的景象已是久违的了。田地中的油菜苗已经开始生长，并且已经有了青绿色，被雪覆盖着，是否预示着"来年枕着馒头睡"呢？远处的青山在雪的包裹下，显出了少有的妩媚，朦胧之中，它忽隐忽现。青山雪景，田间小道，人影晃悠，所有的这些构成了今日我们独享的人生境地。

我们一直向村子的东头迈进。在路途中，我们看到了许多的草垛，那是农村独有的风景，人们舍不得丢弃这些，当农活忙完的时候，一堆堆的草垛也形成了，这儿一堆，那儿一堆，像一座座避风的港湾。由于是草垛，所以它能够承住许多的雪。我团起一堆雪，然后滚雪球般团起了更多的雪，越聚越多，越聚越大，我招呼着前面奔跑的小康："康康，你看！"他激动地奔到我的旁边，我把雪团给了他，他小心翼翼地捧着。我想象着孩子内心的那份喜悦。

妻说："康康，冷吗？""不冷！"是的，他的内心充满了快乐，充满了激情，所有这些传递到手心的时候，是热乎的，哪能觉得冷呢！一不小心雪团掉到了地上，"哈哈"，小康开心地笑着。笑声传得很远，回荡在空旷的田野……（节选自蒋岭《心安是归处》，中国书籍出版社出版）

这是记忆里的一段"春节记忆"，那是孩子小时候的故事，也是过年回到出生地的场景。受到疫情的影响，春节最为重要的拜年仪式也少了许多，人们约定春暖花开再相聚。

后记

二十四节气自古就存世，走入我的生活却是一次偶遇。

2018 年年底，本地区为了传承中华优秀传统文化，结合当地的多方资源，以二十四节气为教学话题，开设了"中小学二十四节气"课程。这是我第一次完整地听有关二十四节气的话题，内心涌起一阵一阵的涟漪。

从那一刻起，我思考起自己探寻二十四节气的方式和方法。

2019 年下半年，我有幸尝试在有些班级教阅读课。如何将阅读课上成与语文课不一样的课呢？我作了一番思考，最终确定两条"线"走：一则与孩子们一起阅读儿童文学作品，二则了解中华传统文化——二十四节气。

这里的二十四节气便是和 2018 年的那次"接触"有关。

与孩子们谈二十四节气应该用怎么的一种方法呢？如果单单从气候、物候、谚语、诗歌、饮食等方面去说，自然会成为自然课，时间一长，孩子们定会失去兴趣。

于是，我想到了孩子们都愿意读的童话：是不是也来一次二十四节气童话大串讲呢？

从 2019 年的 11 月，我伏案开始了"二十四节气童话"创作，这样的状态一直持续到 2020 年的 5 月结束，二十四篇，一轮二十四节气在自己的努力下创作完成。

说到这里，不得不提及《漫画周刊》的谢乐军总编和《漫画周刊 七彩童年》的高幼元主编，在两位老师的鼓励、提携之下，"二十四节气童话"从 2020 年第一期开始每期刊登两篇。

有了这次的"二十四节气童话"的写作尝试，我对二十四节气开始有了更多的关注，虽然自己对二十四节气还不是很懂，专业知识还很欠缺，但我愿意去了解。

如果说"二十四节气童话"是为孩子们创作的，可以单独阅读，也可以连续阅读，从年头到年尾。那么，我的生活里的二十四节气是不是仅有童话呢？

显然不是，从 2022 年的小满开始，我以流水账的形式记录节气当日所发生的气候、物候等方面的变化，最重要的还是与自己进行一个面对面的内心交流，深入地去了解当下的那个自己是什么样的一种生活状态。

为了能够记录更多，我不仅记录了节气，还记录了传统的一些节日，以便更好地珍惜当下。

很是荣幸，我的"二十四节气随笔"记录得到鸿儒文轩崔付建老师的提携，得到罗路晗老师及团队的指点，将二十四

后记

节气的随记汇总出版，内心的激动可想而知。

拉拉杂杂，都是自己的过往。本随笔集里还有由鸿儒文轩策划的《心安是归处》《夏日槐花》片段选摘。同时，随笔所有作品标题的题字由江苏省南京市溧水区实验小学陈义保老师书写。

以上一并感谢。

致敬我们生活的这片土地。

致敬我们生活的那些节日。

致敬帮助、指点与厚爱我的好朋友们。

简后记。